희망을 노래한
밥 말리

글쓴이_안주영

서울예술대학에서 문예창작학을 전공했습니다. 신문사, 방송국에서 일하다가 어린이와 청소년을 대상으로 논술, 국어를 강의했습니다. 그러다가 어린이와 청소년들의 눈높이에 맞는 따뜻한 글을 전해 주고 싶은 마음에 글을 쓰게 되었습니다. 지금은 출판사에서 편집자로서 책을 만들면서 글도 쓰고 있습니다. 작품으로는 『토끼전 · 장끼전』이 있습니다.

그린이_황영진

계원디자인예술대학을 졸업했으며 2010년 월간 「아트벤트」 4월호에 주목 받는 작가로 선정되었습니다. 예술 창작 공간 '언더마이브릿지'를 운영하고 있으며 의류 브랜드 'STICON'의 전속 디자이너이기도 합니다. 홍대 갤러리카페 미스홍 일러스트 개인전, 카페 아트페어 그룹전 등에 참여하며 작품 · 전시 활동을 활발히 하고 있습니다.
www.amusement01.com

희망을 노래한
밥 말리

글 안주영 | 그림 황영진

리젬

레게 음악의 신, 밥 말리

"나는 아버지 없이 태어났고 아버지에 대해 알지도 못합니다.
어머니는 나를 학교에 보내려고
일주일에 겨우 20실링을 받으면서 열심히 일했습니다.
나는 교육을 받지 않았습니다. 대신 나는 영감을 받았습니다.
내가 계속해서 교육을 받았다면 아마도 멍청한 바보가 되었겠지요."

지구가 태양 주변을 도는 건 하루하루가 다르다는 걸 이야기합니다. 오늘과 내일은 분명 달라야 하고, 내일과 다음 날, 어느 날은 또 달라야 합니다. 지금과 다른 것. 노력해서 다르게 만든다는 것. 이것을 우리는 변화라고 합니다. 오늘보다 좀 더 나은 내일! 그 변화!

우리는 이런 변화를 꿈꾸기 위해 공부를 합니다. 좀 더 빨리 세상을 체계적으로 배우기 위해서입니다. 모든 사람들이 변화를 위해 뛰어갈 때, 자신도 그 대열에 서 있기 위해서라도 우리는 배우고 또 배워야 합니다.

하지만 변화를 만드는 도구는 사람마다 다를 수 있습니다. 누구는 목수가 되어, 누구는 판사가 되어, 또 다른 누구는 컴퓨터 프로그래머가 되어 더 나은 세상을 만들 수도 있습니다.

"음악으로 혁명을 일으킬 수는 없다.
그렇지만 사람들을 깨우치고 미래에 대해 듣게 할 수는 있다."

이 말은 자메이카에서 태어나서 〈전설 Legend〉이라는 노래로 천이백만 장 이상을 판 레게 가수 밥 말리의 말입니다. 밥 말리는 자신이 살고 있던 자메이카가 변화해야 한다고 생각했고, 그래서 가수가 되었습니다.

가수는 멋진 음악으로 대중들에게 흥을 돋우는 직업인데 밥 말리는 음악이 사람들의 미래까지 바꿀 수 있다고 믿었습니다.

"의도하지 않은 것을 노래하면 그 음악은 의미가 없다.
음악은 무언가를 의미해야 한다."

밥 말리는 중년의 백인 아버지와 10대 흑인 어머니 사이에서 태어났습니다. 아버지는 일찍 세상을 떠났고, 어머니와 가난한 도시 빈민굴에서 살았습니다. 가난으로 찌든 밥 말리가 할 수 있었던 것은 노래뿐이었습니다. 당시 영국과 미국이 주도하던 팝시장에 충격을 던졌던 밥 말리의 음악은 느리면서 단순한 네 박자의 리듬인 레게 음악이었습니다. 토속적이면서도 슬픈 음악. 밥 말리는 이 노래에 사회에 대한 관심과 종교에 대한 믿음을 부여했습니다. 그러다 보니 밥 말리가 공연을 하면 경찰과 시위대 사이에서 최루탄이 날아들었고, 1976년에는 부인과 매니저가 큰 부상을 입기도 했습니다. 2년 동안 영국에 있던 밥 말리가 자메이카로 돌아와서 '사랑과 평화의 콘서트'를 열고 음악을 통해 그동안 대립하던 정치 세력이 화합하는 계기를 만들기도 했습니다.

하지만 1977년, 평소 축구를 좋아하던 밥 말리가 유럽 순회공연을 하면서 프랑스 기자들과 축구 시합을 하다가 부상을 입었고, 치료를 받는 과정에서 그의 몸에 있던 암세포를 발견했습니다. 밥 말리는 암 치료도 거부한 채 순회공연을 계속 했습니다. 그리고 1980년 9월 뉴욕 센트럴 파크에서 조깅을 하다가 쓰러지고 말았습니다. 암은 그의 뇌와 폐 그리고 심장에까지 퍼져 있었고, 여덟 달 후, 그는 죽었습니다.

세상에 리더가 되려는 사람들은 손가락으로 헤아릴 수 없이 많습니다. 리더가 되려면 많은 경쟁자들과 싸워서 이겨야 합니다. 그러다 보니 리더들은 평화보다는 전쟁을 원하는 경우가 많습니다.

　하지만 밥 말리는 자메이카 시골에서 태어나 음악으로 평화를 노래했습니다. 돈 잘 버는 가수가 될 수도 있었지만 가난하게 사는 사람들과 아프리카에서 팔려 온 흑인의 삶을 노래에 담았습니다. 그 노래가 많은 사람들의 가슴을 움직였습니다. 그리고 지금, 비록 밥 말리는 이 세상에 없지만 밥 말리의 노래는 많은 사람들에게 꿈과 희망을 전해 주는 한 마리의 비둘기와도 같습니다.

　이 책으로 여러분들이 다양한 꿈을 꾸고, 그 다양한 꿈 중에 하나를 선택해서 잘 다듬어 가길 바랍니다. 결코 남과 다른 꿈이라고 해서, 보잘것없는 기타 하나로 시작하는 꿈이라고 해서 중도에 포기하면 안 됩니다. 밥 말리처럼, 가슴 깊은 곳에 품고 있는 이야기라면 언젠가 한 줄기 빛이 되어 주변 사람들이 여러분의 이름을 되뇌어 부르게 될 것입니다.

　이 책으로 행운이 깃들길 빕니다.

2011년 11월 안주영

차 례

머리말   4

1. 막대기를 들고 노래하다   13

2. 킹스턴으로 떠난 밥 말리   28

3. 트렌치타운에서 꽃핀 우정   43

4. 망고 나무 아래에서의 오디션   67

5. 영국인? 자메이카인?   94

6. 레게, 탄생하다   111

7. 영국과 미국을 뒤흔들다   129

8. 여인이여, 울지 마세요   145

9. 자메이카에 웃음을   160

10. 맞잡은 두 손   178

밥 말리 약력   196

나오는 사람들

오메리아

오메리아 말콤. 밥 말리의 외할아버지. 자메이카 세인트앤 근교에서 농사를 지으며 살았다. 50대의 백인과의 사이에서 아이를 임신한 딸 세델라를 잘 보살폈고, 태어난 밥 말리를 지켜 주었다.

노발

노발 말리. 밥 말리의 아버지. 영국계 자메이카인이다. 자메이카 세인트앤에서 영국 왕실 소유의 땅을 관리했다. 50대였던 노발은 그곳에서 열여덟 살의 세델라 부커를 만나 결혼했다. 밥 말리에게 항상 뒷모습만 기억되는 아버지였다.

세델라

세델라 부커. 밥 말리의 어머니. 1926년 나인마일즈에서 태어났다. 오메리아 말콤의 아홉 자녀들 중 여섯 째였다. 당시 땅을 관리하기 위해 자메이카에 온 영국 대위, 노발 말리와 사랑에 빠져 밥 말리를 낳았다.

버니

버니 리빙스턴. 밥 말리와 피터 토시와 함께 웨일러스로 활동했다. 활동 초기에는 밥 말리와 리드 보컬로 활약했지만, 웨일러스가 유명해지면서 관심이 밥 말리에게 쏠리자 웨일러스를 나와 솔로 활동을 했다.

피터

피터 토시. 어릴 적부터 기타를 치는 것을 좋아했다. 버니와 함께 웨일러스의 원년 멤버로 활동했다.

리타

리타 말리. 밥 말리의 부인. 가수였던 리타는 1960년대 중반 밥 말리와 처음 만났다. 밥 말리와 함께 작업을 하면서 사랑에 빠져 1966년 결혼했다.

콕손

콕손 도드. 1963년 킹스톤에 자메이카 최초의 흑인 소유의 리코딩 스튜디오를 열었다. 새로운 인재를 찾기 위해 정기적으로 일요일 저녁 오디션을 개최했는데, 그곳에서 웨일러스의 밥 말리를 만났다.

조 힉스

자메이카의 레게 음악가. 자메이카의 인기 작곡가로 웨일러스를 비롯해 젊은 가수들을 가르쳤다.

크리스 블랙웰

아일랜드 레코드의 설립자이다. 크리스 블랙웰은 웨일러스의 음악을 세계적으로 알리는 데 많은 도움을 주었다.

돈 테일러

1974년 미국의 가수 마빈 게이의 매니저였던 돈 테일러가 웨일러스의 공연을 보고 밥 말리를 찾아와 매니저가 되겠다고 했다. 그리고 1975년 웨일러스의 새로운 매니저가 되었다.

1. 막대기를 들고 노래하다

"어떻게 음악을 시작하게 되었냐고요?
시작이라……. 그래요, 울음으로 시작했지요."

한 농부가 길을 천천히 걷고 있었다. 그는 잠시 멈춰 서서 이마의 땀을 닦아 냈다. 햇볕은 강하게 내리쬐었고 카리브 해에서 불어오는 바람은 후텁지근했다. 아까부터 하늘을 맴돌던 붉은머리독수리의 움직임도 느려진 것 같았다.

농부는 허리춤에 찬 머세티를 내려다보았다. 머세티는 자메이카 사람들이 항상 가지고 다니는 농기구이자 부적이었다. 그는 오늘따라 부드럽게 흔들리는 머세티를 가만히 쓰다듬었다.

"안녕하세요. 세델라는 아기를 낳았나요?"

맞은편에서 바구니를 이고 걸어오던 여인이 물었다.

"오늘이 예정일이라오."

"그 아기에게 축복을!"

농부는 여인에게 감사의 미소를 지어 보였다. 이 농부가 밥 말리의 외할아버지인 오메리아였다.

오메리아는 이곳, 세인트앤에서 오랫동안 성실하게 농사를 지어 왔다. 세인트앤은 열심히 땀을 흘린 만큼 풍성한 농작물을 안겨 주는 땅이었다. 그리고 자메이카에서 가장 자연 풍경이 아름다운 지역이었다.

하지만 오메리아는 땅을 일굴 때마다 흙 속에 배어 있는 아픈 과거를 떠올리곤 했다.

아주 오래전이었다. 그러니까 1494년, 콜럼버스가 두 번째 항해를 떠날 무렵이었다. 콜럼버스가 서쪽으로 계속 배를 타고 가다가 처음 만난 육지가 바로 자메이카의 세인트앤이었다.

"눈을 사로잡는 아름다운 섬이야. 이곳은 산과 계곡과 들판과 초원으로 가득 차 있구나."

콜럼버스가 환호하며 말했다.

그때 세인트앤에는 아라와크 족[1]이 많이 살고 있었다. 그들은 황갈색 피부를 가진 건강하고 순수한 인디언이었다. 그런데 스페인이 세인트앤을 식민지로 삼으면서 아라와크 족은 노예가 되거나 죽어 갔다. 스스로 목숨을 끊은 사람도 꽤 되었다.

스페인 사람들은 세인트앤에서 고기와 가죽을 얻으려고 했다. 그러기 위해서는 일을 시킬 노예가 많이 필요했다. 점차 아라와크 족이 줄어들자, 그들은 아프리카의 앙골라에서 엄청나게 많은 노예를 데려왔다.

1655년이 되자 영국이 스페인을 공격했고 두 나라 사이에 전쟁이 일어났다. 결국 자메이카는 영국의 손으로 넘어가게 되었다. 영국은 자메이카를 식민지로 삼았고, 설탕을 얻기 위해 아프리카에서 더 많은 노예를 끌고 왔다.

1838년 노예들이 해방되기까지, 40만 명이 넘는 사람들이 더운 사탕수수밭에서 혹독하게 일했다. 노예 해방 이후에 선교사들은 이들을 위해 자메이카에 마을을 세우기 시작했다.

---

1) **아라와크 족** 대앤틸리스 제도와 남아메리카에 사는 아메리칸 인디언의 한 종족입니다. 북은 서인도 제도, 남은 우루과이, 동은 아마존 강, 서는 안데스 산맥에 걸치는 지역에 흩어져 사는 약 120개 부족을 포함합니다.

그중 하나가 세인트앤이었다.

오메리아는 후, 하고 한숨을 내쉬었다. 그러고는 딸이 기다리고 있는 집으로 바삐 걸음을 옮겼다.

그날 밤, 오메리아의 딸 세델라가 아이를 낳았다.

1945년, 2월 6일 새벽이었다.

아버지는 노발 말리였고, 어머니는 오메리아의 딸인 세델라 부커였다. 오메리아는 아기를 조심스럽게 저울에 올려놓았다. 저울 눈금은 3kg 근처에서 좌우로 흔들렸다.

"건강하게 잘 태어났구나."

오메리아는 아기를 보며 기뻐했다. 열아홉 살 세델라는 미소를 지었다.

"아버지, 이름은 뭐라고 지을까요?"

"음……, 노발이 오면 짓도록 하자꾸나."

세델라는 고개를 끄덕였다.

노발은 영국계 자메이카인이었다. 노발과 세델라가 처음 만났을 때, 노발은 쉰 살을 앞둔 중년이었다. 그에 비해 세델라는 열여덟 살의 어린 소녀였다. 당시 노발은 세인트앤을 관리하는 임무를 맡은 영국 대위였다. 나이 차이가 많이 났지만 두 사람은 집안의 반대를 극복하고 결혼하게 되었다.

하지만 노발에게는 오랜 지병이 있었다. 말을 타고 먼 길을 오가는 일 때문에 몸이 더 안 좋아졌다. 결국 노발은 건설 현장에서 감독하는 일을 새롭게 시작했다. 그러나 일이 너무 바빠서 아들이 태어난 날에도 오지 못했다.

일주일 후, 누군가 급하게 문을 두드렸다. 세델라가 아들을 안은 채 문을 여니 노발이 서 있었다. 그의 이마에는 땀이 맺혀 있었다.

"당신의 아들이에요."

노발은 까만 눈동자의 아기를 조심스럽게 안았다.

"아기의 이름은 뭐가 좋을까요?"

"오면서 생각한 이름이 있소. 로버트 말리."

"로버트 말리……."

세델라는 포대기에 쌓인 아이를 쳐다보았다. 아이에게 로버트 말리라는 이름이 잘 어울리는 것 같았다.

"로버트 말리, 건강하게 자라서 훌륭한 사람이 되어야 한다. 알겠지?"

이후 로버트 말리는 밥이라는 애칭으로 더 자주 불리게 되었다.

☆

　노발은 한 달에 한 번 정도 집에 왔다. 그때마다 생활비에 보태라며 세델라에게 돈을 건네주었다. 세델라는 이 돈을 몇 년 동안 모아 이웃 마을로 이사를 했다. 그동안 밥은 몰라볼 정도로 자랐다. 가난한 살림살이에 먹을 것조차 변변찮았지만 엄마 세델라는 밥을 귀하게 키웠다. 자신의 삶보다 훨씬 나은 삶을 살게 해야 한다는 생각 때문이었다.

　"엄마, 여기가 어디예요?"

　다섯 번째 이사인지, 여섯 번째 이사인지……. 세델라가 스텝니로 이사를 온 뒤, 말을 곧잘 하던 밥이 물었다.

　"여긴 스텝니라는 마을이야. 엄마가 다녔던 학교도 있단다."

　"그 학교는 어디에 있어요?"

　어린 밥이 주위를 두리번거렸다.

　"저기 언덕이 보이지? 언덕 꼭대기에 학교가 있단다. 너도 곧 저길 다니게 될 거야."

　그때 밥은 고작 네 살이었다. 겨우 말을 하고, 엄마 심부름을 할 정도였다. 하지만 밥은 스텝니 학교에 들어갔다. 학교라고 해도 몇 개 되지 않았고, 뚜렷하게 정해진 규율도 없었다. 아이를 학교에 보낼 형편이 되면 언제든 보낼 수 있었다. 그러나 형편이 어려우면 언제든 그만둘 수밖에 없었다.

밥을 학교에 보낸 뒤, 엄마 세델라는 언덕 아래에 식료품 가게를 차렸다.

어느 무더운 날이었다. 진열대에 물건을 옮기던 세델라는 계속 이마의 땀을 훔쳐 냈다. 가게 앞으로 지나다니는 사람들도 전부 지쳐 보였다.

'이런 날에는 야외 수업을 할 텐데……'

세델라는 허리를 두드리며 천천히 일어섰다. 그러고는 언덕을 바라보았다.

아이들의 목소리가 들렸다. 세델라는 가게 문밖으로 나갔다. 역시나 밥의 반 아이들이었다.

밥은 맨 앞에 서서 큰 소리로 알파벳을 외웠다. 그러면 아이들이 따라했다. 야외 수업을 할 때마다 맑은 목소리로 친구들을 이끄는 건 밥의 역할이었다.

"자, 이제 각자 알파벳을 외우도록 해요."

담임 선생님이 아이들을 둘러보며 말했다. 아이들은 삼삼오오 모여서 알파벳을 외우기 시작했다. 밥은 뒤로 돌아서더니 한 아이에게 달려갔다. 그 아이는 고개를 푹 숙이고 뒤처져서 걸어오고 있었다. 밥은 그 아이가 알파벳을 따라 외우도록 도와주었다. 담임 선생님은 밥과 그 아이를 바라보며 흐뭇하게 미소를 지었다. 무척 더운 날이었지만 언제나 그렇듯 밥은 힘이 넘치고 생기가 가득했다.

그때 근처에서 가게를 운영하는 매기가 찾아왔다.

"날이 많이 덥지? 물건은 좀 팔리우?"

매기가 걱정스레 물었다.

"요즘은 나은 편이에요. 그나저나 우리 밥이 너무 자주 놀러 가서 장사하시는 데 방해가 되는 거 아닌가 모르겠어요."

"아이고, 무슨 소리! 손님도 없고 심심할 때면 밥의 노래가 얼마나 힘이 된다고!"

세델라가 처음 식료품 가게를 열었을 때, 매기가 많은 도움을 주었다. 매기는 밥의 머리를 쓰다듬으며 손에 먹을 것을 쥐어 주곤 했다. 낯선 사람에게도 정을 잘 붙였던 밥은 매기와 금방 친해졌다.

"엄마, 오늘은 학교에서 이런 노래를 배웠어요."

밥은 가게 안에 들어서자마자 손을 모으고 노래를 불렀다. 세델라는 가만히 앉아 밥의 노래에 귀를 기울였다. 그러다가 노래가 끝나면 박수를 보냈다.

"어때요? 잘 불렀어요?"

노래가 끝나면 밥은 항상 세델라에게 물었다. 세델라는 고민하는 척하다가 그렇다고 고개를 끄덕였다. 밥은 환하게 웃으면서 기뻐했다. 그러고는 바로 매기 아줌마네 가게로 뛰어갔다. 매기 아줌마는 항상 밥을 반갑게 맞아 주었다.

"밥, 오늘도 새로운 노래를 배웠니?"

"네! 오늘은 막대기 연주도 할 거예요."

"오호라, 기대되는걸?"

매기 아줌마는 일손을 놓고 밥을 바라보았다. 밥은 양손에 막대기를 쥐고 노래하기 시작했다.

여보세요, 이 토마토 좀 보세요.

이 얌2)이랑 감자도 좀 보세요.

살짝 만져 보기만 하세요.

너무 꽉 쥐면 안 돼요.

이 노래는 자메이카 노점상들이 즐겨 부르는 전통 노동요였다. 매기 아줌마는 몸을 들썩이며 손뼉을 쳤다. 밥은 신이 나 막대기를 계속 두드리며 노래를 불렀다. 지나가던 사람들이 하나둘씩 모여들었다.

"어쩜 저렇게 맑은 목소리로 잘 부를까."

"그러게요. 무더위가 싹 가시는 것 같아요."

밥은 벌떡 일어서서 매기 아줌마네 가게에 진열된 토마토, 얌, 감자를 막대기로 가리키면서 노래를 불렀다. 밥의 귀여운 몸짓에 사람들이 크게 웃음을 터뜨렸다. 노래를 마친 밥은 사람들을 향해 꾸벅 인사를 했다. 큰 박수 소리와 칭찬의 말이 여기저기서 터져 나왔다.

"어린아이가 노동요를 참 구성지게 잘 부르는구나. 이거 용돈으로 쓰거라."

한 할아버지가 밥에게 동전을 내밀었다. 밥은 머리를 긁적이며 매기 아줌마를 쳐다보았다. 매기 아줌마는 눈을 찡긋하며 고개를 끄덕였다.

----

2) 얌(yam) 동남아시아에서 오세아니아에 이르는 지역과 아프리카, 남아메리카 등 덥고 비가 많은 지역에서 주로 재배하는 덩굴성 식물입니다.

"고맙습니다."

밥은 손바닥 위에 놓인 동전을 바라보았다. 그 동전 위로 발그레한 자신의 얼굴이 보이는 것 같았다.

집으로 돌아온 밥은 방에서 숙제를 하고 있었다. 그때, 가게 문에 달린 종이 요란하게 울렸다. 밥이 가게 문 쪽을 바라보았다. 몇 달 만에 찾아온 아빠 노발이 서 있었다. 노발은 밥을 향해 두 팔을 벌렸다.

"밥, 잘 지냈니?"

노발의 얼굴은 예전보다 야위어 있었다.

"네……."

오랜만에 본 아빠였지만 반갑지 않았다. 밥은 쭈뼛거리며 뒷걸음질쳤다. 머쓱해진 노발은 팔을 거두고 가게 안을 둘러보았다.

"엄마는 어디 갔니?"

"저기……."

가게 뒷문으로 세델라가 들어왔다. 노발을 본 세델라의 눈동자가 커졌다.

"여보, 오늘은 가게 문을 일찍 닫고 집으로 갑시다."

"왜요?"

"장인어른과 당신에게 급하게 할 말이 있소."

세델라는 바삐 가게 안을 정리했다. 세 사람은 앞서거니 뒤
서거니 하면서 집으로 향했다.

밥을 할아버지 방에서 놀게 한 뒤, 노발이 세델라의 방으로
들어왔다. 노발의 표정이 자못 진지했다. 한참 동안 뜸을 들인
노발이 슬그머니 세델라의 손을 잡았다.

"밥을 입양 보냅시다."

"입양이라니요?"

세델라가 손을 뿌리치며 얼굴을 감쌌다.

"내 조카가 부탁했소. 밥을 입양하고 싶다고 말이오."

"아니, 왜요? 제 힘으로도 충분히 밥을 키울 수 있어요!"

세델라는 고개를 가로저었다. 노발은 세델라의 어깨를 꽉
붙잡았다.

"난 마음을 정했소. 조카가 밥을 입양하면 당신이 어머니라
는 걸 밥이 알게 해서는 안 되오. 알겠소?"

세델라는 노발의 손을 뿌리쳤다. 그녀의 뺨 위로 눈물이 흘

러내렸다. 노발은 세델라의 얼굴을 들여다보더니 오메리아의 방으로 걸음을 옮겼다. 노발과 오메리아는 한참 동안 낮은 목소리로 대화를 나누었다.

잠시 후, 오메리아가 조용히 문을 열고 나와 세델라 옆에 앉았다.

"내 말을 잘 들거라. 절대 노발이 밥을 데려가게 해서는 안 된다."

"네, 아버지. 제 생각도 그래요."

세델라는 눈물을 글썽이며 오메리아를 바라보았다.

문밖에서 두 사람의 대화를 듣던 노발은 아무 말 없이 발걸음을 돌렸다. 오메리아와 세델라 역시 쓸쓸한 노발의 뒷모습을 바라볼 수밖에 없었다.

밥은 빼꼼히 문을 열었다. 그리고 점점 멀어지는 아빠 노발을 바라보았다. 언제부터인가 밥에게 아빠는 뒷모습이 더 기억에 남는 사람이었다.

2. 킹스턴으로 떠난 밥 말리

"저는 굳세게 자랐어요.
엄마도 아빠도 없이 혼자서 말이에요."

밥이 여섯 살이 되었다. 밥은 여전히 노래 부르기를 좋아하고 친구들과 잘 어울려 지내는 아이였다.

어느 날, 세델라에게 노발의 편지가 날아왔다.

여보, 밥에 대해 상의할 문제가 있어서 이렇게 편지를 쓰오.
나는 밥이 킹스턴에 있는 학교에 다녔으면 좋겠소. 킹스턴에
서 학교를 다니면 더 좋은 교육을 받을 수 있을 것이오.
답장을 꼭 주기 바라오.

세델라는 편지를 읽고 또 읽었다. 밥이 더 좋은 학교에서 공

부할 수 있다는 건 기쁜 일이었다. 하지만 아직 어린 밥을 떠나보내야 하는 건 내키지 않았다.

킹스턴에 있는 노발의 가족들은 세델라를 인정하지 않았다. 특히 노발의 어머니는 영국 대위였던 노발이 시골의 흑인 소녀인 세델라와 결혼한 것에 대해 화를 냈다. 그 화는 쉽게 가라앉지 않았다. 심지어 노발의 어머니는 노발에게 한 푼의 재산도 물려주지 않겠다고 말했다. 그래서 세델라는 선뜻 가게를 정리하고 밥과 함께 킹스턴으로 이사할 수 없었다.

"아빠 말씀 잘 들어야 한다. 엄마가 자주 편지 쓸게."

밥은 입을 쭉 내밀었다. 세델라는 덥석 밥을 껴안았다.

"킹스턴엔 좋은 선생님과 친구들이 많단다. 거기 가서도 학교생활 열심히 할 수 있지? 응?"

밥은 마지못해 고개를 끄덕였다. 그렇게 밥은 킹스턴으로 떠났다.

그 후, 세델라는 거의 매일 킹스턴으로 편지를 보냈다. 노발에게도, 밥에게도 편지를 보냈다. 하지만 한참 지난 후에야 노발의 답장을 받을 수 있었다.

"밥은 건강하게 아무 문제 없이 학교에 잘 다니고 있소. 그러니 너무 염려 마오. 밥이 편지 잘 받았다고 전해 달라는군."

답장이 안 와서 발을 동동 구르던 세델라는 그제야 마음을 놓았다. 그러고는 다시 펜을 들었다.

"여보, 답장 잘 받았어요. 밥이 잘 적응하고 있다니 다행이에요. 바쁘더라도 자주 소식 전해 주세요. 답장을 못 받으면 자꾸 안 좋은 생각이 들어요."

그렇게 다시 오랜 시간이 흘렀다.

세델라의 부탁에도 노발의 편지는 더 이상 오지 않았다. 결국 세델라는 킹스턴으로 직접 가겠다고 편지를 보냈다. 그러자 바로 노발의 답장이 왔다. 밥이 학교 선생님과 휴가를 떠나서 킹스턴으로 와도 만날 수 없다는 내용이었다.

세델라는 멍하니 천장을 바라보았다. 환하게 웃는 밥의 얼굴이 아른거렸다. 세델라는 눈을 꽉 감고 두 손을 모았다.

"제 어린 아들을 진심으로 보살펴 주시옵소서."

기도를 하는 세델라의 목소리가 떨렸다.

그러던 어느 날이었다. 가게에 매달린 종이 요란하게 흔들렸다. 매기가 급하게 숨을 몰아쉬며 들어왔다.

"세델라, 내가 방금 킹스턴에 다녀오는 길인데 글쎄……, 밥을 봤어."

매기는 의자에 앉기도 전에 말했다.

"밥이요? 어디서 보셨어요?"

세델라의 눈이 휘둥그레졌다.

"길을 걷고 있는데 누가 날 부르더라고. 돌아보니 밥이 가방 같은 걸 들고 서 있었어."

"학교 가는 길이었나 보네요."

"아니, 그게 아니라 그레이 부인 심부름 가는 중이라던데?"

"그레이 부인이요?"

"응, 그레이 부인이 누구냐고 물어봤더니 함께 살고 있는 할머니래."

"……."

세델라는 계속 기억을 더듬었지만 모르는 사람이었다. 매기는 어두워지는 세델라의 표정을 살폈다.

"밥이 꼭 전해 달래. 얼른 자기를 보러 오라고. 밥을 본 지도 꽤 됐으니 한번 다녀오는 게 어때?"

"네……."

"에그, 가여운 것."

세델라는 앞치마로 눈물을 닦아 내었다. 매기는 세델라의 등을 토닥거렸다.

세델라는 밥을 만나고 싶었다. 당장 짐을 싸서 버스를 탔다. 버스는 먼지를 날리며 몇 시간을 달렸다. 세델라의 머릿속은 혼란스러웠다. 눈을 감고 잠을 청했지만 잠이 오지 않았다.

노발의 가족은 왜 밥을 돌보지 않았을까? 그레이 부인은 누구일까? 밥은 학교에 잘 다니고 있는 걸까?

버스는 심하게 덜컹거렸다. 많은 사람들이 오르내리며 소음과 먼지를 남겼다. 세델라는 뻑뻑한 눈을 겨우 뜨고 창밖을 바라보았다. 아직 창밖 풍경은 시골이었다.

이윽고 버스는 자메이카의 수도인 킹스턴에 도착했다. 중심가의 상점 주위에는 지나다니는 버스와 사람들로 북적거렸다. 상점마다 농산물들이 쏟아질 듯 쌓여 있었다. 세델라는 한참 동안 멍하니 서 있었다.

"헤이우드가……, 헤이우드가로 가야 해."

세델라는 정신을 차렸다. 그러고는 매기가 알려 준 헤이우드가로 향했다.

이리저리 헤맨 끝에 겨우 헤이우드가에 도착한 세델라는 한 상점으로 다가갔다.

"안녕하세요? 혹시 이 근처에 그레이 부인 댁이 있나요?"

"그레이 부인이요? 오른쪽 골목 끝까지 들어가세요."

세델라는 감사의 인사로 고개를 살짝 숙였다. 그러고는 골목 쪽으로 몸을 돌렸다.

그때, 한 남자아이가 골목 끝에서 뛰어나왔다. 밥이었다.

"엄마!"

밥은 하얀 이를 드러내며 웃었다. 세델라는 아무 말도 못하고 밥을 꽉 껴안았다.

"엄마, 그레이 할머니를 소개해 드릴게요. 저랑 같이 가요."

"그래, 같이 가자꾸나."

밥은 세델라의 손을 잡고 골목 끝으로 들어갔다. 대문 앞에 멈춰 선 밥은 조심스럽게 문을 밀었다. 삐거덕거리는 소리가 크게 났다.

집 안은 어두웠다. 그레이 부인은 가만히 의자에 앉아 있었다. 어두워서인지 사람이 아니라 커다란 짐승처럼 보였다.

세델라는 조심스럽게 다가갔다. 가까이에서 보니 그레이 부인의 머리는 마구 헝클어져 있었다. 얼굴은 창백했고 무릎 위에 놓인 손은 흉터로 가득했다.

"그레이 부인, 안녕하세요. 전 밥의 엄마예요."

"밥의 엄마라고요? 이리 앉아요."

그레이 부인은 앞에 놓인 의자를 가리켰다.

"밥, 심부름 하나 더 해 주겠니?"

"네!"

그레이 부인은 밥의 머리를 쓰다듬었다. 그러고는 작은 손에 돈을 쥐어 주었다. 밥의 발소리가 멀어지자 그레이 부인이 천천히 입을 열었다.

"밥이 왜 이곳에 있는지 궁금할 거예요. 차근차근 말할 테니 들어 봐요."

그레이 부인은 노발의 집안과 아는 사이였다. 노발은 자신의 능력으로는 밥에게 아무것도 물려줄 수 없다고 생각했다. 그래서 그레이 부인에게 밥을 맡기기로 결심했다.

노발은 그레이 부인에게 밥을 수양아들로 받아달라고 부탁했다. 나이가 많고 거동이 불편했던 그레이 부인은 심부름할 아이가 필요했다. 그래서 밥을 받아들이기로 결정했다.

하지만 노발은 그 후 단 한 번도 그레이 부인을 찾아오지 않았다.

여기까지 이야기한 그레이 부인은 숨이 가쁜지 말을 멈추었다.

"그런데 왜 그동안 밥을 찾아오지 않았어요?"

"아, 네……."

세델라는 대답하지 못하고 고개를 숙였다.

"다 사정이 있었겠지. 밥을 다시 데려갈 건가요?"

"네, 갑작스럽게 찾아와서 죄송합니다. 그리고 감사합니다."

그때 밥이 집 안으로 들어왔다.

그레이 부인은 밥을 물끄러미 바라보았다. 그러더니 마지막으로 안아 봐도 되겠느냐고 물었다. 부인의 말이 끝나자마자 밥이 부인에게 다가가 안겼다.

"밥, 네가 많이 생각날 거야. 이 할머니는 이제 너무 늙었단다."

"할머니, 언제든 힘드시면 편지 보내세요. 제가 있는 힘껏 뛰어올게요."

그레이 부인은 소리 없이 웃었다. 그러면서 밥의 작은 등을 토닥였다.

세델라와 밥은 삐거덕거리는 문을 열고 밖으로 나왔다. 그레이 부인은 다시 어둠 속에 묻혔다.

☆

1955년, 밥이 열 살이 되었을 때 노발이 암으로 세상을 떠났다.

밥은 아빠의 얼굴을 떠올리려고 노력했다. 하지만 뒷모습만 생생할 뿐 얼굴은 기억나지 않았다.

"엄마……, 아빠는 좋은 사람이었어요?"

세델라는 부은 눈으로 밥을 바라보았다.

"그럼, 어쩔 수 없이 우리와 멀리 떨어져 살았지만 좋은 분이었단다."

밥은 다시 물었다.

"아빠도 엄마처럼 손이 따뜻했어요?"

"……."

밥은 입술을 삐쭉 내밀며 말했다.

"손이 따뜻하지 않으면 좋은 사람이 아니에요."

문밖으로 뛰어나가는 밥을 보며 세델라는 생각했다.

'밥, 아빠의 손은 따뜻했단다. 아빠는 훌륭하고 아름다운 사람이었어.'

점점 작아지는 밥의 뒷모습은 곧 먼지에 휩싸여 보이지 않았다.

세델라는 창밖으로 보이는 동네의 풍경이 사막 같이 황량하게 느껴졌다.

'힘들게 일만 하는 이 생활이 예전의 노예들과 다를 게 뭐가 있을까.'

아직 젊은 세델라는 이 시골을 벗어나고 싶었다. 당시 기업 몇 개가 자메이카 땅의 절반 이상을 차지하고 있었다. 그래서 농사지을 땅을 갖지 못한 농부들이 많았다. 이 상황은 2차 세계대전이 끝나자 더 심해졌다. 농촌의 젊은이들은 일하고 싶어도 일을 구하지 못했다. 그래서 이들은 더욱 농촌을 떠나 도시로 가기를 원했다.

'내 꿈을 펼치기 위해서는 킹스턴으로 가야 하는데……'

이런 세델라의 바람은 한 장의 편지로 이루어졌다.

"사랑하는 동생 세델라. 아내가 간호사 공부를 하기 위해서 영국으로 떠나게 되었어. 네가 괜찮다면 이곳으로 와서 집안 살림을 도와줄 수 있겠니?"

킹스턴에 사는 오빠의 편지였다. 세델라는 밥을 데리고 가고 싶었다. 하지만 오빠에게 부담을 안기는 것 같아서 쉽게 결정할 수 없었다.

오랜 고민 끝에 세델라는 밥을 외할아버지에게 맡기기로 했다.

"밥, 엄마가 열심히 일해서 방을 구하면 꼭 데리러 올게. 할아버지 말씀 잘 듣고 건강히 지내야 한다."

밥은 말없이 고개를 끄덕였지만 눈에는 눈물이 가득했다. 그렇게 세델라는 외할아버지에게 밥을 맡기고 킹스턴으로 떠났다.

밥은 그날부터 외할아버지의 든든한 목동이 되었다. 처음에 밥은 자신을 빤히 쳐다보는 염소가 무서웠다. 하지만 제멋대로 뛰어다니면서도 얌전히 풀을 뜯어 먹는 염소들과 친구가 되었다.

염소들은 대장 염소를 앞세우고 우르르 몰려다녔다. 밥은 이리저리 통통 튀는 염소들 때문에 여러 번 땀을 흘렸다. 염소들은 몰려 있을 때 더 단단하고 강해 보였다.

특히나 어미 염소는 아기 염소를 보호하느라 바빴다. 밥은 염소 무리에서 자꾸 뒤처지는 한 아기 염소에게 정성을 쏟았다.

"아기 염소야, 넌 내 피부보다 훨씬 새까만 털을 가졌구나. 어서 엄마를 잘 쫓아가."

한가롭게 풀을 뜯는 염소들을 볼 때면 밥도 기분이 편안해졌다. 밥은 어젯밤 외할아버지에게 들었던 옛날이야기를 떠올렸다. 그러다가 노래를 흥얼거렸다. 사람들의 얼굴이 음표처럼 동그랗게 떠올랐다 사라졌다. 첫 마디를 부르면 엄마 얼굴이, 둘째 마디를 부르면 외할아버지의 얼굴이 떠올랐다. 그리고 셋째 마디를 부르면 매기 아줌마, 넷째 마디를 부르면 그레이 할머니······.

하지만 노래를 몇 번이나 반복해도 아빠의 얼굴은 떠오르지 않았다. 밥은 괜히 막대 피리만 삑삑, 불어 대며 염소들을 몰고 마을로 내려왔다.

1957년, 마침내 밥은 엄마와 함께 살 수 있게 되었다. 밥은 외할아버지가 사 준 새 옷을 입고 혼자 킹스턴으로 가는 버스를 탔다. 버스에는 사람들이 많았다. 간신히 자리를 잡고 외할아버지에게 손을 흔들었다. 그러고는 외할아버지가 정성껏 마련해 준 과일 바구니를 내려놓았다. 버스는 구불구불한 길을 한참 달렸다.

"얘야, 바구니에서 과일이 떨어졌구나. 혼자 어디까지 가니?"

옆에 서 있던 부인이 밥에게 말을 걸었다. 옷자락에 코를 문지르던 밥은 멍하니 과일 바구니를 내려다보았다. 과일 몇 개가 바닥에 떨어져 있었다. 밥은 떨어진 과일을 얼른 주워서 바구니에 담고는 다시 창밖을 바라보았다.

버스는 예상보다 한 시간이나 늦게 킹스턴에 도착했다. 버스 정류장은 사람들과 소음 그리고 먼지로 뒤덮여 있었다. 밥은 금방이라도 울음을 터뜨릴 듯한 표정으로 주위를 두리번거렸다. 아무도 밥에게 신경을 쓰지 않았다. 밥 주위로 버스보다 빠르게 사람들이 지나쳐 갔다.

"밥! 밥 말리! 엄마 여기 있어!"

날리는 먼지 사이로 엄마의 목소리가 들렸다.

"엄마……, 엄마……."

밥은 털썩 바닥에 주저앉고 말았다. 그 바람에 밥의 새 옷
에 흙이 묻었다. 그리고 과일 하나가 바구니에서 떨어져 굴러
갔다.

3. 트렌치타운에서 꽃핀 우정

"저는 빈민가에서 친구들과 함께 강하게 성장했어요.
누구에게도 굴복하지 않고 말이에요."

세델라가 꿈을 펼치기 위해 부푼 희망을 안고 달려온 킹스
턴. 이곳은 자메이카의 수도였고, 세델라 같은 시골 사람들에
게는 꿈의 도시였다. 시골 사람들은 킹스턴에만 가면 성공할 수
있을 거라고 믿었다. 하지만 킹스턴의 상황은 그렇지 않았다.

"밥, 엄마 손을 꽉 잡아. 좀 더 빨리 걷자."

밥은 엄마의 말에 고개를 끄덕였다. 밥이 엄마와 함께 들어
선 곳은 트렌치타운의 골목이었다. 이 골목에는 혹독한 현실
에서 땅을 빼앗긴 사람들이 잔뜩 모여 있었다. 그들은 허름한

판잣집에서 가난과 폭력에 시달리며 살고 있었다. 하지만 그 누구도 다시 시골로 돌아가려 하지 않았다.

"콜록, 콜록!"

밥이 여러 번 기침을 뱉어 냈다. 좁은 골목마다 음식을 만들기 위해 피워 놓은 불 때문에 연기가 가득했다. 다닥다닥 붙은 집들 사이에는 화장실로 쓰는 구덩이가 있었다. 그 구덩이에서 심한 지린내가 풍겨 왔다.

"라디오 소리가 너무 크잖아! 좀 줄이지 못해?"

갑자기 한 사내의 커다란 고함 소리가 들렸다. 창문이 떨어져 나가 집 안이 훤히 보이는 판잣집이었다. 밥은 깜짝 놀라 그 방 안을 쳐다보았다. 고함을 지르는 사내, 라디오를 들으며 뜨개질을 하는 부인, 갓난아기가 눈에 들어왔다. 셋이 살기에는 비좁은 집이었다. 방 안에 놓인 것이라고는 작은 탁자뿐이었다.

"밥, 머리 위를 조심해!"

세델라의 말이 끝나기도 전에 독수리 한 마리가 밥의 머리 위로 지나갔다.

"왜 마을에 독수리가 날아온 거예요?"

밥이 머리 위를 만지며 물었다.

"길 끝에 쓰레기장이 있단다. 쓰레기차가 와 있을 거야."

정말 골목 끝에는 쓰레기차가 서 있었다. 쓰레기차에서 쓰레기들이 마구 쏟아지고 있었다. 독수리들은 음식 쓰레기를 움켜쥐려고 푸드덕거렸고 주위에 몰려든 사람들은 그 음식 쓰레기를 빼앗으려고 달려들었다.

"이제 거의 다 왔단다. 힘들지?"

세델라는 한 공동 주택을 가리키며 말했다.

"네, 엄마. 배도 고파요."

밥은 눈을 비비며 그 주택을 바라보았다. 지금까지 봤던 판잣집에 비하면 좀 나은 편이었다.

세델라는 가정부로 일하면서 일주일에 20실링[3]을 받았다. 이 돈으로 집세를 내고 밥의 교복과 책을 사면 남는 게 없었다. 밥은 고생하는 엄마를 가엾게 생각했다. 킹스턴에서 밥은 평범하게 학교생활을 하고 친구들과 어울렸다.

---

3) **실링** 영국의 옛 화폐 단위입니다.

☆

밥이 열네 살이 되었을 때였다. 세델라는 가정부 일을 그만두고 식당에서 일했다. 어느 날, 밥의 또래 정도 되는 소년이 세델라가 일하는 식당으로 급히 뛰어들어왔다.

"여기……, 혹시 밥 어머니 계세요?"

테이블을 닦던 세델라는 놀란 눈으로 그 소년을 바라보았다.

"내가 밥 엄만데……, 무슨 일이니?"

소년은 세델라에게 급히 말했다.

"밥이 얼굴을 크게 다쳤어요!"

"뭐라고?"

세델라는 들고 있던 행주를 놓칠 뻔했다.

"칼에 얼굴을 베였어요."

"밥은 아직 학교에 있니?"

"네, 아직 학교에 있을 거예요."

세델라는 식당 주인에게 사정을 얘기하고 학교로 뛰어갔다. 밥의 교실까지 단숨에 달려간 세델라는 그제야 숨을 몰아쉬었다. 쉬는 시간이었고 교실에는 학생들이 웅성거리고 있었다.

몇몇의 학생들이 세델라를 쳐다보았다.

"얘들아, 밥 어디 있니?"

세델라가 밥의 엄마라는 걸 알게 된 학생들은 자기들끼리 수군거렸다. 하지만 아무도 밥이 어디 있는지 말하지 않았다.

세델라는 학교 이곳저곳을 돌아다니며 밥을 찾아다녔다. 한참을 헤맨 세델라는 건물 뒤쪽에 숨어 있는 밥을 찾을 수 있었다. 세델라를 본 밥은 도망치기 시작했다.

"밥! 밥!"

세델라는 밥을 뒤쫓았지만 소용이 없었다. 밥은 이미 교문 밖으로 사라지고 없었다.

그날 밤, 세델라는 꼼짝도 하지 않고 밥을 기다렸다. 새벽이 되어서야 문밖에서 주춤대는 밥의 발소리가 들렸다. 세델라는 문밖으로 나갔다. 엄마를 본 밥은 고개를 푹 숙였다.

"밥, 무슨 일이 있었던 거니?"

"……"

"엄마는 널 믿는다. 밥, 누가 이런 상처를 낸 거니?"

밥은 작은 소리로 대답했다.

"반 친구들이요."

세델라는 가만히 밥을 바라보았다.

"아까 학교에서 왜 도망친 거니?"

"엄마가 경찰을 부르실 거 같아서요."

"경찰?"

밥은 그제야 고개를 들고 말했다.

"네, 경찰이 오면 친구들이 곤란해지잖아요. 그 아이들은 소중한 친구들이에요."

세델라는 더 이상 밥에게 아무것도 묻지 않았다. 밥의 얼굴에 난 상처는 꽤 오랜 시간이 지난 후에야 아물었다.

밥의 친구들은 밥보다 나이가 좀 많았고 불량해 보였다. 어느 주말, 세델라는 밥에게 조용히 말했다.

"밥, 네가 친구들을 좋아하는 건 알지만 네 친구들은 나쁜 아이들 같이 보이는구나."

밥은 진지하게 대답했다.

"네, 엄마 말씀이 맞아요. 제 친구들은 올바른 행동만 하지는 않아요."

세델라는 약간 놀란 표정을 지었다.

"그런데 왜 가까이 지내니?"

"저는 나쁜 짓은 절대로 하지 않을 거예요."

"그래도 자주 지내다 보면 나쁜 행동을 같이 할 수도 있잖니!"

밥은 눈을 반짝이며 말했다.

"제 친구들은 저에게 어떤 것을 하라고 말하지 않아요. 제가 친구들에게 어떻게 해야 할지 알려 주거든요."

이렇듯 밥에게 친구는 무엇보다 소중한 존재였다.

그 후, 밥은 같은 주택에 사는 친구도 사귀었다. 그 친구의 이름은 버니였다.

"버니, 정말 네가 만든 기타야? 너의 솜씨는 정말 최고야!"

밥은 버니가 직접 만든 기타를 보고 놀랐다.

"구리선으로 기타줄을 만들려고 얼마나 낑낑거렸는지……."

버니는 대나무, 깡통, 구리선으로 만든 기타를 들어 보였다.

"오늘은 멋지게 연주하며 노래하자고!"

밥은 찬송가의 첫 소절을 부르기 시작했다. 이어 버니가 화음을 맞추며 따라 불렀다. 버니는 자신이 만든 기타를 연주하는 흉내를 냈다. 버니의 표정이 너무 진지해서 밥은 노래를 부르다가 풋! 하고 웃음을 터뜨렸다. 밥과 버니는 매일 집 앞마당에서 소리 높여 노래를 불렀다.

"버니, 네 집에 가서 라디오 듣자."

밥은 말을 끝내기도 전에 버니의 집 쪽으로 뛰어갔다. 버니는 누런 이를 드러내며 씩 웃었다. 그러고는 밥을 따라 달렸다.

세델라는 빨래를 걷으면서 뛰어가는 밥을 바라보았다. 학교 공부보다 노래 부르는 시간이 길어질수록 세델라의 걱정은 커져만 갔다. 세델라가 버는 돈의 대부분이 밥의 수업료로 나가기 때문이기도 했다.

'노래 친구가 생겨서 지금만 그런 거겠지. 밥은 곧 마음을 잡고 공부할 거야.'

세델라는 진흙이 채 지워지지 않은 밥의 윗옷을 내려다보았다. 그러면서 그 윗옷을 한 번 더 빨아야겠다고 생각했다.

그날 밤, 버니의 집에서 돌아온 밥은 진지한 표정으로 가방에서 교과서를 꺼내 세델라에게 내밀었다.

"엄마, 이거 필요한 사람에게 주세요."

세델라는 아무 말 없이 밥을 바라보았다.

"여러 번 생각해 봤어요. 학교는 저와 맞지 않는 곳이에요."

세델라는 밥이 그냥 내뱉은 말이 아님을 짐작했다.

"그렇다면 앞으로 무엇을 하면서 지낼 생각이니?"

세델라의 질문에 밥은 기다렸다는 듯이 대답했다.

"노래요, 노래하는 데 집중하고 싶어요."

세델라는 가만히 한숨을 내쉰 후 말했다.

"밥, 네가 누구보다 노래하는 것을 좋아하는 건 알지만……."

밥은 세델라의 다음 말을 초조하게 기다리며 교과서 표지를 물끄러미 바라보았다.

"노래를 부르는 것만으로는 먹고 살기 힘들잖니. 학교를 그만둘 거면 기술이라도 배우렴."

순간 밥의 눈빛이 약하게 흔들렸다.

"밥, 이곳에서는 일자리를 구하기가 정말 힘들단다."

"네, 엄마. 학교를 그만둔 책임을 꼭 질게요. 저도 일자리를 찾기 위해 노력할 거예요."

열다섯 살이 된 밥은 결국 학교를 그만두었다.

밥은 창밖으로 둥그렇게 뜬 달을 바라보며 작년, 생애 첫 무대에 섰던 노래자랑 대회를 떠올렸다.

우연히 극장 앞을 지나가던 밥은 마이크 그림이 크게 그려진 게시물을 보았다. 가까이 가서 살펴보니 이틀 후에 있을 노래 대회를 알리는 포스터였다.

'내일모레 저녁이면 축구하기로 약속한 날인데…….'

다른 축구 팀 아이들과 시합을 하기로 약속 한 날이었다. 축구를 잘했던 밥은 팀에서 중요한 역할을 맡고 있기에 빠질 수 없는 상황이었다.

이틀이 지났다. 밥은 노래자랑 대회를 구경 갈까 아니면 축구를 하러 갈까 계속 망설였다. 그러면서도 밥의 발걸음은 극장으로 향하고 있었다.

이미 극장 앞에는 많은 사람들이 모여 있었다. 큰 상금이 걸린 대회도 아니고, 유명한 가수가 초대된 대회도 아니었다. 하지만 하루하루 힘들게 사는 트렌치타운 주민들에게 이러한 행사는 축제에 가까웠다. 밥은 극장 주위를 맴돌면서 모인 사람들을 찬찬히 살펴봤다.

가족들에게 둘러싸여 나름의 멋을 낸 몇몇의 사람들이 눈에 띄었다. 아마도 노래자랑 대회에 참여하는 사람들 같았다. 그 사람들 사이에서 버니를 닮은 소년을 발견한 밥은 흠칫 놀랐다.

'하긴, 버니가 여기 와 있을 리가 없지. 이 대회가 열리는 것을 알았다면 모든 것을 제치고 왔을 거야. 버니라면…….'

버니 역시 밥과 축구를 하기로 약속해서 학교 운동장에 가 있을 것이라고 생각했다. 학교와 극장 사이는 꽤 먼 거리여서 시간이 흐를수록 밥은 초조해졌다. 어느 하나를 포기해야 하는 상황이었다.

'에이, 모르겠다. 조금만 구경하다가 얼른 나와야지.'

밥은 사람들을 비집고 극장 입구로 들어가려 했다. 입구에 서 있던 극장 직원이 밥에게 물었다.

"애야, 대회에 참가하러 온 거니? 구경하러 온 거니?"

밥은 잠깐 머뭇거리다가 직원에게 말했다.

"아, 네……. 대회에 참가하려고요."

그러자 극장 직원이 밥에게 종이와 펜을 건네었다.

"그러면 여기에 이름과 나이를 적어 줄래? 부를 노래 제목 은 그 아래에 적고."

밥은 얼른 종이와 펜을 받아 이름과 나이를 적었다. 그러면 서 밥은 자신을 찾아 여기저기 헤맬 친구들 얼굴이 떠올랐다. 하지만 이미 내뱉은 말을 다시 담을 수도 없었다. 밥은 잠깐 쓰는 것을 멈추고 직원에게 물었다.

"저……, 노래는 아무 거나 상관없나요? 드리프터스[4]의 곡을 하고 싶은데요."

극장 직원은 웃으며 고개를 끄덕였다. 가깝고도 먼 미국에서 만들어져 버니의 라디오를 통해 흘러나오던 드리프터스의 곡들. 당시에는 트렌치타운의 모든 소년들처럼 밥과 버니도 미국 음악에 푹 빠져 있었다.

노래 제목을 적고 극장 안으로 들어간 밥은 정신이 아찔했다. 잠시 후, 밥의 이름이 불렸다. 밥은 심호흡을 한 후 무대로 올라갔다. 삐거덕거리는 무대를 천천히 걸어 중앙에 섰을 때 사람들의 눈빛은 하나도 보이지 않았다. 오직 자신을 비추어 주는 커다란 조명과 자신만이 극장에 존재하는 것 같았다.

밥은 심장이 마구 뛰는 것을 느꼈다. 엄마의 손님들을 위해서 막대기를 두드리며 노래하던 밥이 무대라는 곳에서 처음 노래를 부르는 날이었다. 밥은 노래를 부르는 내내 아무 생각도 할 수가 없었다.

둥그렇게 달처럼 빛나던 조명이 서서히 꺼졌다. 박수 소리에 묻힌 채 밥은 무대 아래로 내려왔다. 두 볼이 뜨겁게 달아

----

4) 드리프터스(The Drifters) 1950년대 초부터 1960년대 말까지 정상의 인기를 누린 미국의 리듬 앤 블루스 보컬 그룹입니다.

올랐다. 밥은 두 손바닥으로 볼을 감싸쥐었다. 그때였다.

"로버트 말리 군."

밥은 자신의 이름을 부른 사람을 바라보았다. 그는 이 대회를 준비한 관계자 중 한 사람이었다.

"목소리가 아주 인상적이야. 꼭 노래를 계속 하게."

밥은 아무 대답도 할 수 없었다. 그저 인사만 꾸벅할 뿐이었다. 그러고는 어떤 힘이 솟아났는지 학교까지 꽤 먼 길을 쉬지 않고 계속 달렸다.

지금 바라보는 둥그런 달이 꼭 그때의 조명 같았다. 밥은 무언가에 홀린 듯 계속 달을 바라보았다.

"밥, 뭘 그렇게 계속 보고 있니? 얼른 자야지."

세델라가 걱정스러운 목소리로 밥에게 말했다.

"네, 알겠어요. 엄마."

밥은 이불 속으로 후다닥 들어갔다. 밥의 심장 속에는 이미 둥그런 조명이 들어와 있었다. 밥은 그 조명을 가슴에 품은 채 몸을 동그랗게 말고 잠이 들었다.

☆

학교를 그만둔 밥은 용접 공장에서 일하게 되었다. 당시 트렌치타운에서는 일자리를 구하는 것이 힘들었다. 하지만 세델라의 친구에게 소개받은 용접 공장에서 밥은 수습공으로 일할 수 있었다. 찌는 듯한 더위와 높은 습도의 낮 시간 동안 밥은 불꽃들과 씨름하느라 구슬땀을 흘렸다.

학교를 그만둔다고 했을 때 세델라의 표정, 자신을 믿고 아껴 줬던 학교 선생님, 수업을 같이 듣던 친구들의 얼굴이 떠오를 때면 밥은 정신이 번쩍 들었다. 많은 사람들을 실망시키면 안 된다는 생각이 컸지만 학교로 다시 돌아가고 싶지는 않았다.

그렇게 일하는 시간이 끝나면 밥은 때론 혼자서, 때로는 버니와 함께 마음껏 노래를 불렀다. 용접을 할 때 밥을 괴롭혔던 불꽃들은 밤이 되면 노래에 대한 열정으로 바뀌었다. 노래를 할 때 밥의 눈은 별보다 더 환하게 반짝였다.

밥은 혼자서 노래 연습을 할 때면 많은 생각과 고민에 빠졌다. 자신의 노래 실력이 늘고 있는지 확인하기도 어려웠다.

'버니와의 화음이 잘 맞는지, 어떻게 소리를 내는 게 좋은

지 가르쳐 줄 선생님이 있다면 정말 좋을 텐데…….'

그러던 어느 날, 밥은 용접 일을 마치고 터덜터덜 집으로 향하고 있었다. 저 멀리서 버니가 급하게 뛰어왔다. 밥은 순식간에 달려와 숨을 헐떡이는 버니에게 물었다.

"무슨 일이야?"

"나 방금 앨튼 엘리스를 봤어!"

앨튼 엘리스는 킹스턴에서 아주 유명한 가수였다. 축 처진 어깨로 걸어오던 밥은 화들짝 놀랐다.

"진짜? 어디서 봤는데?"

"저기 옆 동네로 가는 골목에서! 우리 빨리 따라가 보자."

밥과 버니는 옆 동네인 서드가로 통하는 골목으로 힘껏 뛰었다. 그곳은 밥과 버니가 살고 있는 곳에서 멀지 않은 동네였다. 하지만 학교와 반대 방향이라 가 본 적이 없는 곳이기도 했다.

"헉, 헉……. 다른 데로 가 버렸으면 어쩌지."

"그러게, 하늘이 주신 기회인데……."

서드가의 골목을 이리저리 헤매던 밥과 버니는 어디선가 들려오는 노랫소리에 발걸음을 멈추었다. 이미 어둑어둑해진 저녁 공기처럼 약간은 무겁고 나지막하게 들려오는 화음 소리. 밥과 버니는 무엇에 홀린 듯 소리가 나는 곳으로 조심스럽게 발걸음을 옮겼다.

밥과 버니는 빼꼼히 열린 문 사이로 마당을 들여다보았다. 그곳에는 밥과 버니가 찾아 헤매던 앨튼 엘리스가 앉아 있었고, 몇몇의 사람들이 모여 화음을 맞추고 있었다.

"오디션이 있나 봐."

버니가 밥에게 작은 목소리로 말했다.

밥은 앨튼 엘리스에게 말을 건네는 한 남자를 보았다. 그 남자는 이 집의 주인인 동시에 오디션을 연 조 힉스였다. 그는 비평가이자 엄격하기로 소문난 노래 선생님으로, 음반을 낸 적도 있었다.

"밥, 저 주인아저씨 되게 무서워 보인다. 뭐라 하기 전에 집에 갈까? 앨튼 엘리스도 봤으니까……."

"아, 잠깐만. 잠깐만 있다가 가자."

밥은 조 힉스에게 시선을 떼지 않고 대답했다.

오디션을 위해 모인 사람들이 화음을 맞추며 노래를 불렀다. 조 힉스는 몇 소절을 듣더니 멈추라는 손짓을 했다.

"너희들은 재능은 있지만, 그 따위 재능만 믿으면 안 돼! 음정이 정확하지가 않잖아."

밥에게는 완벽한 화음으로 들렸지만 조 힉스는 이렇게 얘기했다. 밥은 버니를 돌아보며 말했다.

"버니, 우리 내일 여기에 다시 오자."

이런 열정 때문이었을까.

미간에 굵은 주름을 만들며 밥과 버니를 바라보던 조 힉스는 두 아이를 자신의 마당으로 흔쾌히 받아들였다. 조 힉스는 얼굴이 둥근 편이었지만 눈매는 날카로워 보였다. 그는 훌륭하고 엄격한 노래 선생님이었지만 수업비를 받으려고 하지 않았다. 그의 관심은 오로지 재능 있는 가수를 많이 배출하는 것이었다.

"밥, 버니. 요즘 나오는 자메이카 곡들 많이 들어 봤니?"

밥과 버니는 동시에 고개를 끄덕였다.

"어떤 곡들이 자메이카에 울려 퍼지고 있다고 생각하니?"

"음……, 남녀 간의 사랑 노래가 많은 것 같아요."

버니가 대답했다.

"그래, 그렇지! 그런데 왜 트렌치타운 사람들의 삶과 느끼는 감정은 노래하지 않는 걸까."

며칠 후 밥은 기타를 치며 노래를 부르는 조 힉스의 모습을 보았다. 그가 부르는 노래는 라스타파리 운동[5]이나 가난한 사람들의 슬픔을 담고 있었다. 평소 엄격하고 까다로운 모습의 선생님이 노래하는 모습을 보자 밥은 심장이 쿵쾅거렸다. 자신이 그토록 찾던 완벽한 선생님이 눈앞에 있다는 사실에 가슴이 벅차올랐다.

밥은 노래하고 있는 조 힉스에게 천천히 다가갔다. 조 힉스는 밥이 꽤 가까이 다가갈 때까지도 노래에 흠뻑 젖어 있었다. 밥은 조 힉스가 노래를 마칠 때까지 조용히 기다렸다. 조 힉스는 연주를 마치고 밥을 바라보았다.

"선생님, 기타 치는 거 좀 가르쳐 주세요."

조 힉스는 기타를 세워 놓고는 밥에게 말했다.

---

5) **라스타파리 운동** 예수 그리스도를 흑인으로 보고 에티오피아의 황제인 하일레 셀라시에 1세를 다시 이 세상에 온 그리스도로 섬기는 신앙 운동입니다. 1930년대의 라스타파리 운동은 자메이카와 도미니카에서 힘들게 살아가던 흑인들 사이에서 일어났습니다.

"밥, 나 대신 너에게 기타를 가르쳐 줄 사람이 곧 올 거다."

밥과 버니처럼 노랫소리에 이끌려 조 힉스를 찾아온 소년이 또 있었다. 그의 이름은 피터였고, 그 동네에서 유일하게 자신의 기타를 가지고 있었다. 그래서인지 피터는 첫날부터 으쓱대는 태도를 자주 보였다.

"푸하하하, 너는 플라스틱 줄이랑 냄비로 기타를 만들었다고?"

버니는 목젖이 보이도록 크게 웃었다.

"응, 이 기타랑 비교하면 정말 형편없었지."

피터는 자신의 기타를 쓰다듬으며 미소를 지었다. 옆에서 묵묵히 둘의 얘기를 듣던 밥은 피터에게 말했다.

"피터, 네가 기타를 치면서 노래하는 걸 본 적이 있는데 아주 강렬했어. 나 기타 치는 법 좀 알려 줘."

"그래, 좋아! 친구들에게 낡은 기타라도 빌려 볼게. 버니 너도 같이 가르쳐 줄게."

이렇게 밥, 버니, 피터는 함께 하는 시간이 많아졌다. 조 힉스의 가르침에 날로 실력이 발전한 세 소년은 자주 화음을 맞춰 보곤 했다. 버니는 가장 높은 위치에서 자연스러운 목소리로 노래를 불렀다. 밥은 버니보다 약간 낮은 목소리로 깊은 울림을 냈다. 피터는 묵직하게 둘의 목소리를 지탱해 주며 노래를 불렀다. 세 소년의 화음은 아주 훌륭했고 주변의 칭찬도 끊이지 않았다.

"이야, 지금 당장 스튜디오로 가서 녹음해도 되겠는걸?"

"너희 셋이 그룹을 만들면 아주 환상적이겠어!"

밥과 버니가 노랫소리에 이끌려 처음 조 힉스의 집을 찾아왔던 날, 아름다운 화음으로 오디션을 준비하던 사람들이 지금은 세 소년을 칭찬하고 있었다. 버니는 쑥스러운 듯 머리를 긁적였고 피터는 버릇처럼 어깨를 으쓱댔다. 하지만 밥은 그들의 칭찬만으로 만족하지 않았다.

땅거미가 온 동네에 퍼진 저녁, 밥은 혼자 조 힉스를 찾아갔다. 조 힉스는 곡을 쓰다가 밥을 보고 물었다.

"밥, 아직 집에 안 갔니? 버니와 피터는?"

"다들 먼저 갔어요. 선생님, 좋은 가수가 되려면 뭐가 필요할까요?"

조 힉스는 가만히 밥을 바라보았다. 밥은 계속 말을 이었다.

"전 진짜 좋은 가수가 되고 싶어요. 선생님이 알고 있는 모든 것을 다 가르쳐 주세요."

조 힉스는 자신이 쓰고 있던 종이를 들어 보이며 대답했다.

"좋아! 기타 연주법부터 작곡까지 전부 해 보자."

그날부터 밥은 기본적인 기타 연주법부터 곡을 쓰는 법까지 차근차근 배울 수 있었다. 조 힉스는 가르칠 때는 엄격했지만 따뜻하게 밥을 다독여 주고 제자로도 인정해 주었다.

4. 망고 나무 아래에서의 오디션

"웨일러스라는 팀 이름은 '울부짖는 사람들'이라는 뜻이에요.
자메이카에는 힘들고 괴로워서 울부짖는 사람들이 많습니다.
심지어 아이들도 울부짖지요."

1950년대를 거치면서 1960년대 초반 미국 음악 시장은 점점 쇠퇴했다. 이에 따라 미국 음악에 휩쓸리던 자메이카의 음악 시장에도 새로운 움직임이 일어났다. 자메이카만의 음악을 녹음하고자 하는 사람들이 하나둘씩 생겨났다. 그리고 이들 밑에서 노래하고자 하는 사람들이 늘어났다. 음악뿐만이 아니었다. 1962년, 자메이카는 영국으로부터 독립했다. 자메이카 전체가 새로운 분위기로 들썩였다. 사람들은 이런 분위기를 하나의 축제로 받아들였다.

밥은 자신의 노래가 이 축제의 일부분이 되기를 바랐다. 밥과 친구들이 갈고닦은 노래와 연주 실력은 많은 사람들을 열광하게 했다. 트렌치타운의 골목에서, 용접 공장의 앞마당에서, 때로는 경연 대회의 무대에서 이들의 실력은 빛을 발했다.

"수고했다, 다들."

이날은 열여섯 살이었던 밥이 지방에서 열린 경연 대회에 참가한 날이었다. 조 힉스는 무대에서 내려오는 소년들의 등을 두드렸다. 밥을 비롯한 소년들의 이마에 땀방울이 송글송글 맺혀 있었다.

"관객들의 반응 봤어? 나 아직도 심장이 막 뛰어."

버니가 붉어진 얼굴로 밥에게 말했다. 밥은 씩 웃으며 조 힉스를 바라보았다. 조 힉스는 밥의 어깨에 손을 올리고 말했다.

"밥, 아주 멋진 무대였다. 하지만 속도가 좀 빨라지는 부분이 있었어. 노래를 부르다가 흥분하면 어떤 가수든 저지르기 쉬운 실수야. 그렇지만 기술적으로는 용납할 수 없는 실수다. 무슨 말인지 알겠지?"

밥은 고개를 끄덕였다. 그때 피터가 밥에게 다가와 말했다.

"밥, 아까부터 어떤 여자애가 널 찾는 거 같던데? 무대 뒤쪽으로 가 봐."

밥은 사람들을 헤치고 간신히 무대 뒤쪽으로 갔다. 그곳에도 많은 사람들이 모여 있었다. 밥은 이리저리 주변을 둘러보았다. 한 소녀가 밥을 보고는 웃으며 다가왔다.

"밥 오빠, 노래 아주 좋았어요!"

밥의 옆집에 이사 온 에스더였다. 밥은 에스더일 것이라고 예상했었다. 하지만 막상 에스더의 얼굴을 보자 눈을 똑바로 쳐다보지 못했다. 밥은 고개를 떨구고는 말했다.

"와 줘서 고마워."

에스더는 곱게 접은 편지를 밥에게 내밀었다. 밥은 머뭇거리다가 편지를 얼른 받아서 주머니에 넣었다. 에스더는 다음에 보자고 말하며 손을 흔들었다. 밥도 에스더에게 손을 흔들었다.

많은 사람들이 밥의 주변을 지나쳐 갔다. 하지만 밥은 에스더가 완전히 사라질 때까지 그 자리에 서 있었다.

"오늘은 에스더가 편지 안 줬어?"

함께 집으로 향하던 버니가 물었다.

"편지는 무슨……."

밥은 버니를 가볍게 치며 쑥스러운 듯 웃었다. 이런 밥을 본 버니는 장난기가 발동했다.

"멋진 밥 오빠, 오늘도 제 생각 많이 하셨나요? 전 항상 오빠만을 그리워하며 지낸답니다."

버니가 여자 목소리를 흉내 내며 말했다. 밥은 메고 있던 기타를 내려놓았다. 그러고는 버니에게 달려들어 다리를 걸려고 했다. 버니는 그새 얼굴이 빨개진 밥을 보며 키득거렸다. 버니는 뒤로 넘어지면서도 계속 여자 목소리를 흉내 냈다.

"밥 오빠, 버니 오빠도 멋있는 사람이니 괴롭히지 말고 잘해 주세요. 꼭 그래야……."

갑자기 버니가 말을 멈추었다. 버니에게 달려들던 밥도 동작을 멈추었다. 어느새 다가온 에스더의 친오빠가 둘을 노려보고 있었기 때문이었다.

"네가 밥이지? 길게 얘기 안 할게. 앞으로 에스더 만나지 마!"

"에스더와 저는 좋은 친구 사이 일 뿐이에요. 대체 뭐가 문제인 거죠?"

에스더의 오빠는 표정이 일그러지더니 밥에게 손가락질을 하며 외쳤다.

"동네 사람들은 다 알아! 너에게 더러운 영국인의 피가 흐른다는 것을 말이야! 넌 우리와는 전혀 달라! 난 그걸 받아들일 수 없어, 절대로!"

에스더의 오빠는 밥의 아버지가 영국계 자메이카인이라는 사실을 들은 것이었다. 밥은 이를 꽉 물며 에스더의 오빠를 노려보았다. 하지만 뭐라고 반박할 수 없었다.

"일찌감치 포기하는 게 좋을 거야. 우리 가족들은 전부 내 생각과 같거든."

에스더의 오빠는 침을 툭 뱉고는 골목으로 사라졌다. 결국 에스더 가족의 반대로 밥과 에스더는 점점 멀어졌다.

이 사건으로 이웃끼리 사이좋게 잘 지내던 공동 주택에 어색한 기운이 감돌았다. 공동 주택 사람들은 세델라와 밥에 대해서 수군거리기 시작했다.

밥은 늦게 집에 들어오는 날이 많아졌다. 마을 사람들과 부딪치는 것을 피하기 위해서였다. 밥은 집에 와서도 말 한마디 하지 않고 창밖만 바라보았다. 이런 밥을 바라보는 세델라의 마음도 무거웠다.

1962년, 세델라는 재혼을 앞두고 있었다. 남편은 미국의 자메이카 이민 사회에서 자리를 잡은 사람이었다. 세델라는 밥과 함께 미국으로 이민을 가기로 결심했다.

세델라는 자신과 밥의 여권을 한참 동안 바라보았다. 그러고는 그동안 모은 돈을 세고 또 세어 보았다. 미국까지는 먼 거리가 아니었지만 밥을 데리고 가기에는 돈이 턱없이 부족했다. 세델라는 깊은 한숨을 내쉬었다.

"밥, 이모가 잘 챙겨 줄 거야. 얼른 미국에 자리 잡아서 다 같이 모여 살자."

결국 세델라가 미국에서 새로운 남편과 안정된 생활을 할 때까지 밥은 떨어져 있기로 했다. 열일곱 살의 밥은 또 혼자 트렌치타운에 남겨졌다.

"밥, 혼자 활동하고 싶다는 생각은 접은 거니?"

조 힉스는 묵묵히 식사를 하고 있는 밥에게 물었다. 밥은 카레가 묻은 염소고기를 입에 넣으려다 말고 대답했다.

"네, 친구들과 함께 연습하고 같이 무대에 서는 게 좋아요."

조 힉스는 가족들과 떨어져서 외로워하는 밥의 표정을 읽을 수 있었다. 그는 자신의 접시에서 염소고기 몇 조각을 밥에게 덜어 주었다.

"밥, 그룹이 완벽한 화음을 내기 위해서는 한 사람 한 사람의 음이 정확해야 해. 너는 리더 역할을 하고 있지만, 리드 싱어6)가 되기 위해서는 더 많은 연습이 필요하다. 지금부터 너의 역할이 아주 중요하다는 거 알지?"

조 힉스는 몇 주 후에 있을 오디션을 준비하기로 했다. 콕손의 '스튜디오 원'에서 있을 오디션이었다. 콕손은 음반 제작으로 큰돈을 벌어 트렌치타운 북쪽에 자신의 스튜디오를 차렸는데 그곳이 '스튜디오 원'이었다.

스튜디오 원에는 커다란 망고 나무가 있었다. 매주 일요일마다 이 나무 아래에서 공개 오디션이 열렸다. 밥을 포함한 여섯 명의 소년, 소녀들은 이 오디션을 위해 끊임없이 연습했다. 팀 이름은 웨일러스로 결정했다. 오디션 전날에는 밥 먹는 것도 잊은 채 연습에 집중했다.

---

6) 리드 싱어(lead singer) 그룹을 대표하며 노래 부르는 사람을 말합니다.

1963년 8월, 웨일러스는 스튜디오 원의 망고 나무 아래에 섰다. 나무가 시원한 그늘을 만들어 주고 있었다. 하지만 8월 의 따가운 햇살은 나뭇잎 사이를 뚫고 내리쬐었다. 밥이 햇살 보다 더 날카로운 눈매의 콕손을 바라보며 말했다.

"안녕하세요. 저희는 웨일러스입니다. 지금부터 〈혼자 있으 면 마음이 아플 거야 It Hurts To Be Alone〉라는 곡을 시작하겠 습니다."

잠시 숨을 고른 밥이 시작 신호를 보냈다. 피터의 강렬한 기 타 연주가 곡의 시작을 알렸다. 〈혼자 있으면 마음이 아플 거 야〉가 무사히 끝나고 그들은 두 곡을 더 연주했다. 조 힉스가 강조한 그룹의 화음이 돋보이는 곡들이었다.

'연습 때보다 다들 잘하는걸.'

밥은 흐뭇한 미소를 지었다. 하지만 곡이 다 끝났을 때 스튜 디오에는 정적만 맴돌았다. 너무 조용해서 매미 우는 소리만 이 크게 들렸다.

밥은 마른침을 꿀꺽 삼켰다. 오디션 명단이 적힌 종이를 넘 겨 보던 콕손이 드디어 입을 열었다.

"재능은 있지만 부족한 점이 많아. 좀 더 연습하고 나중에

다시 오게."

콕손의 이 말은 탈락했다는 의미였다. 버니는 울음이 터질
듯한 표정을 지었다. 밥은 담담한 표정으로 땀을 닦았다. 다른
멤버들은 고개를 푹 수그렸다.

이들이 망고 나무 그늘에서 막 벗어나려고 할 때였다. 갑자
기 피터가 큰 목소리로 말했다.

"콕손 선생님! 괜찮으시다면 저희의 다른 곡을 하나만 더 들
려 드리겠습니다! 〈화를 가라앉혀 Simmer Down〉란 곡입니다."

버니는 화들짝 놀라며 피터에게 말했다.

"그 곡은 안 돼. 연습이 덜 되었잖아."

다른 멤버들도 버니의 말에 고개를 끄덕였다. 하지만 밥은
피터와 같은 생각이었다.

"선생님, 기회를 한 번만 더 주세요. 오늘 꼭 들려 드리고 싶
습니다."

콕손은 밥과 피터를 번갈아 쳐다보더니 해 보라고 했다. 피
터는 밥을 보며 씩 웃었다.

〈화를 가라앉혀〉는 자메이카 젊은이들이 대화하는 방식으
로 전개되는 곡이었다. 그것도 평범한 젊은이가 아니라 트렌

치타운 같은 빈민가의 젊은이들이었다. 이 곡 안에서 자메이카 젊은이는 자신만의 언어로 자신의 생각을 전하고 있었다.

콕손은 손가락 끝으로 박자를 맞추며 관심을 보였다. 오디션을 위해 준비한 세 곡보다 연주나 노래가 완벽하지는 않았지만 콕손은 이 곡이 마음에 들었다.

"좋아! 며칠 후에 이 곡을 바로 녹음하자고!"

웨일러스의 멤버 여섯 명은 동시에 환호성을 질렀다.

며칠 후, 웨일러스는 스튜디오 원에 다시 모였다. 아침 일찍 모인 이들은 오전 내내 〈화를 가라앉혀〉를 연습했다. 밥은 강한 목소리로 이 곡의 리드 싱어를 담당했다.

'어린 녀석들이 대단하군. 발전 가능성이 높은 그룹이야.'

콕손은 팔짱을 끼고 이들의 녹음을 지켜보았다. 그러고는 이 곡의 성공을 확신했다. 웨일러스는 단 두 번 만에 녹음을 마쳤다. '웨일링 웨일러스' 앨범은 12월, 자메이카의 음반 시장에 모습을 드러냈다.

"1964년 1월 첫째 주, 여러분이 선택한 최고의 곡은 젊고 신선한 그룹 웨일링 웨일러스의 〈화를 가라앉혀〉입니다!"

빠른 박자의 신나는 스카⁷⁾곡이었던 〈화를 가라앉혀〉는 순식간에 웨일링 웨일러스를 유명하게 만들었다. 이 곡뿐만이 아니었다. 전혀 다른 분위기의 발라드곡과 댄스곡도 많은 사람들의 사랑을 받았다.

웨일링 웨일러스는 앨범을 낸 지 1년도 되지 않아 세 곡의 히트곡을 가지게 되었다. 이들의 음악은 시간이 지나면 잊히는 히트곡이 아니었다. 웨일링 웨일러스는 자메이카 음악이 새롭게 발전하는 데 큰 기여를 했다. 하지만 이들의 현실은 그리 만만하지만은 않았다.

"밥, 이 기사 좀 봐."

버니가 신문을 흔들며 밥에게 다가왔다. 밥은 신문을 받아들고 기사를 찬찬히 읽어 내려갔다.

기사는 미국 뉴욕에서 열리는 세계음악박람회에 관한 내용

----

7) 스카(ska) 1960년경에 자메이카에서 발달한 관악기 위주의 음악을 말합니다.

이었다. 과거에 음반 제작자였던 장관이 세계음악박람회에 참여할 대표 가수를 곧 선발할 것이라고 했다. 그는 인터뷰에서 자메이카만의 스카를 제대로 알릴 수 있는 가수를 선발할 것이라고 밝혔다. 밥은 신문지를 탁 덮으며 말했다.

"당연히 스카탈라이츠[8]가 뽑혀야지!"

버니도 고개를 끄덕였다. 스카탈라이츠는 연주를 주로 하는 그룹이었다. 웨일러스의 음반 녹음 때도 연주를 담당했는데 밥은 그들의 연주를 들을 때마다 진정한 스카를 느끼곤 했다.

며칠 후, 세계음악박람회에 나갈 자메이카 대표 가수가 발표되었다. 밥이 기대했던 스카탈라이츠도 아니었고, 당시 가장 인기 높았던 웨일링 웨일러스도 아니었다. 선발된 가수는 킹스턴에서 주로 공연하는 그룹이었다. 이들은 말끔한 외모에 자기 관리가 철저한 팀이었다. 하지만 스카를 흉내만 내는 실력이었다.

콕손은 신문지를 구겨서 집어 던지며 분노했다.

---

8) **스카탈라이츠(skatalites)** 자메이카의 토속 음악인 칼립소, 재즈와 리듬 앤 블루스의 영향 아래 1960년대 초 자메이카에서 결성된 스카 그룹입니다.

"젠장! 겉만 번지르르한 이런 그룹이 무슨 스카를 알겠어!"

가난하고 힘들게 사는 트렌치타운의 젊은이들은 정부의 어떤 혜택도 받지 못했다. 웨일링 웨일러스는 이런 정부에 대한 분노의 목소리를 노래에 담아 부르는 그룹이었다. 그래서 인기가 높은 웨일링 웨일러스였으니 정부가 좋아할 리 없었다.

밥은 주먹을 꽉 쥐고 부르르 떨었다. 스카탈라이츠처럼 진짜 실력이 있는 팀이 무시 당하는 것 같아서 더욱 화가 나고 슬펐다.

세계음악박람회에 나가지는 못했지만 여전히 웨일링 웨일러스는 최고의 인기를 누렸다. 하지만 스튜디오 원 안에서도 이들은 제대로 대우를 받지 못했다.

"계약도 안 하고 출연료도 없고, 우리 신세가 이게 뭐냐?"

피터가 연습 도중 쉬는 시간에 투덜거렸다.

"맞아, 우리가 아니라 콕손 선생님이 스타라니까."

버니도 맞장구를 쳤다. 하지만 밥은 아무 말 없이 기타를 연습했다. 세델라가 미국으로 떠난 이후 밥은 오갈 데 없이 거리를 떠돌았다. 용접 일을 그만둔 이후로는 고정된 수입도 없었다. 웨일링 웨일러스 멤버들은 콕손의 부당한 대우에 불만이 많았지만 밥은 그럴 수 없었다. 스튜디오 원에 들어온 이후로 밥에게는 잠자리와 수입이 생겼기 때문이었다. 밥은 피터와 버니가 투덜대는 소리를 묵묵히 들으며 기타를 튕겼다.

"피터, 이번 무대 의상은 너에게 좀 작을 거 같은데?"

버니가 피터의 검은 정장을 들어 올리며 말했다. 피터는 아무렇지 않다는 듯 어깨를 으쓱했다.

"입어 보니까 바지가 발목 위로 올라가더라고. 뭐 상관없어. 흰 양말을 바짝 올려 신으면 되니까."

"저번에 신었던 뾰족한 구두는 아니겠지?"

"아, 그 구두? 번쩍번쩍했던 금색 재킷에 신었던 구두 말이야?"

"그래, 그 구두는 정말이지 내 취향이 아니라니까. 바닥에 구멍 낼 때나 딱 좋지."

두 사람의 대화를 듣던 밥이 말했다.

"이봐, 의상 얘기는 그만 하고 얼른 연습하자고. 이번에 공연할 킹스 극장의 관객들은 연주나 노래가 마음에 안 들면 온갖 것을 집어 던지는 걸로 유명하잖아."

피터는 자신의 기타를 잡으며 말했다.

"그래, 우리의 실력을 제대로 보여 줘야지."

버니는 씩 웃으며 밥에게 말했다.

"밥, 너는 스튜디오 원의 직원처럼 잔소리를 한다니까."

밥 역시 버니를 보며 씩 웃었다.

"자, 여러분! 〈거친 소년 Rude boy〉을 시작해 봅시다!"

밥의 말에 피터가 기타 전주를 시작했다.

친구들이여, 나와 함께 떳떳하게 길을 걷는 거야.

나는 절대 멈추지 않을 거야.

〈거친 소년〉을 부르는 밥의 목소리에는 힘이 있었다.

그날 밤 늦게까지 웨일러스의 연습은 계속되었다.

☆

1965년 후반까지 웨일링 웨일러스는 여섯 명 그대로였다.

하지만 리드 싱어였던 주니어가 가족과 함께 미국으로 이민을

가게 되었다. 그리고 화음을 넣으며 노래했던 두 명의 소녀도

그만두게 되었다. 결국 웨일링 웨일러스는 밥, 버니, 피터 이렇게 세 명으로 줄어들었다. 이때부터 팀 이름도 '밥 말리 앤 더 웨일러스'로 불렸다.

어느 날, 웨일러스의 음악 친구가 어떤 여자를 스튜디오 원으로 데려왔다. 그녀는 교회 주일 학교 선생님이었고, 그룹으로 음악 활동을 하고 있었다.

"안녕, 난 리타라고 해. 만나서 반갑다."

리타는 상냥하게 웃으며 인사했다. 버니도 웃으며 리타에게 손을 내밀었다. 피터는 구부정한 자세로 머리를 긁적였다. 하지만 밥은 리타를 살짝 바라보고는 하던 일에 집중했다.

"어떻게 여기까지 오게 된 거야?"

버니가 리타에게 물었다.

"예전부터 너희들을 자주 봤었어. 난 삼촌과 살고 있는데 집 앞으로 너희가 지나가는 걸 지켜봤었거든."

리타의 말에 피터가 놀라며 대답했다.

"아, 그래?"

리타는 고개를 끄덕이며 계속 말했다.

"물론 너희 곡도 다 들어 봤어. 정말 훌륭하고 멋진 곡들이야. 나도 음악 활동을 하고 있거든."

리타의 말에 피터의 눈이 커졌다.

"오, 지금 당장 콕손 선생님에게 오디션 소식을 알려야겠는걸?"

이렇게 해서 리타가 속한 그룹은 콕손 앞에서 오디션을 보게 되었다. 콕손은 이 그룹을 연습생으로 받아들이기로 결정했다.

"밥, 오늘부터 네가 이 그룹을 맡아서 연습시키는 거야."

평소 밥의 재능을 인정했던 콕손이 말했다. 밥은 묵묵히 고개를 끄덕였다. 리타는 밥을 보며 부드러운 미소를 지어 보였지만 밥은 표정 하나 변하지 않았다.

"오늘 연습한 곡은 화음이 엉망이에요. 저녁 식사 후 새벽까지 계속 연습에 들어갑니다."

밥은 딱딱한 목소리로 말했다. 리타와 친구들의 표정이 굳어졌다. 벌써부터 한숨을 쉬는 친구도 있었다.

'밥은 너무 차가운 사람이야. 어쩜 저렇게 웃지도 않고 무서울까.'

리타는 고개를 절레절레 흔들었다. 이들의 연습이 혹독해질 때마다 버니와 피터가 몰래 찾아와 격려해 주었다. 리타는 이들에게 고마워하면서 솔직한 성격의 피터에게 점점 호감을 느끼게 되었다.

리타와 친구들이 스튜디오 원에 들어온 지 몇 개월이 지났다. 이날도 밥은 혼자 스튜디오에 앉아 기타 연습을 하고 있었다. 버니가 밥에게 다가와 말했다.

"밥, 리타가 오늘 연습 때 많이 놀라던데?"

밥은 고개를 들고 버니를 바라보았다. 버니는 계속 말했다.

"무뚝뚝하던 네가 많이 부드러워졌다고 그러던걸?"

밥은 아무 말 없이 기타를 튕기기 시작했다. 버니가 밥의 어깨에 손을 얹으며 말했다.

"밥, 지금이 기회야. 리타에게 너의 마음을 얼른 전하라고!"

버니의 말에 밥은 고개를 절레절레 흔들었다.

"아니야, 버니. 리타가 피터에게 마음이 있는데 어떻게 그러겠어. 그건 친구로서 해서는 안 될 일이야."

밥의 말에 버니는 웃음을 터뜨렸다.

"밥, 너 모르고 있었구나? 둘은 좋은 친구로만 지내기로 했어. 내가 증인이야, 증인!"

그날부터 밥은 리타에 대한 진심을 담아 편지를 썼다. 물론 편지를 전달하는 역할은 버니가 맡았다. 리타는 밥의 마음을 알고 크게 놀랐다. 태도가 조금 부드러워지긴 했지만 리타에게 밥은 여전히 엄한 사람이었기 때문이었다. 하지만 리타는 곧 밥의 편지를 읽으며 감동했고 둘은 연인 사이로 발전했다.

"밥, 너희 부모님은 어디 사시니?"

리타의 질문에 밥은 어린 시절 이야기를 들려주었다. 리타는 고개를 끄덕이면서 열심히 밥의 이야기에 집중했다.

"그럼 미국에 계신 어머니한테 편지는 안 오는 거야?"

"안 오긴, 지금까지 꽤 많은 편지를 보내셨는걸."

밥은 스튜디오 뒤편에 있는 방으로 들어갔다. 잠시 후 밥은 한 뭉치의 편지 묶음을 들고 나왔다.

"밥, 편지를 잘 보관하지 그랬어? 먼지가 수북하잖아. 조금만 읽어 봐도 돼?"

밥은 편지 위 먼지를 털어 리타에게 주었다. 리타는 맨 위의 편지부터 하나씩 펼쳐 보았다. 편지마다 밥을 보고 싶어 하는 세델라의 마음이 가득 담겨 있었다. 얼른 미국에서 같이 살고 싶다는 내용도 많았다. 부모님이 영국에 계셨던 리타는 편지를 읽으며 눈시울을 붉혔다.

몇 장의 편지를 읽어 본 리타는 밥에게 물었다.

"그런데 밥, 어머니께 답장은 썼던 거야? 너의 소식에 대한 이야기는 없어서……."

밥은 고개를 절레절레 흔들며 대답했다.

"너도 알다시피 너무 바빠서 답장을 많이 쓰지 못했어. 안 그래도 답장을 보내 드리긴 해야 하는데……."

리타는 밥을 바라보며 진지한 목소리로 말했다.

"밥, 내가 도와줄게. 우선 답장을 보내야 하는 편지를 간추리고 내가 답장을 써서 보낼게."

밥은 놀란 표정을 지었다.

"아, 리타. 너도 연습하느라 힘들잖아. 틈을 내서 내가 쓸게."

밥의 말에 리타는 힘을 주어 말했다.

"아니, 내가 도와주고 싶어. 너의 어머니께 내 소개도 하고."

그날부터 리타는 정중하게 자신의 소개를 덧붙여 밥 대신 세델라에게 답장을 보냈다. 이뿐만 아니라 밥의 악보와 여러 자료들을 깔끔하게 정리해 주었다. 밥은 리타의 정성 어린 도움으로 작곡과 기타 연습에 더욱 집중할 수 있었다.

웨일러스에게 1965년은 정신없이 바쁜 한 해였다. 인기를 얻은 곡도 하나둘씩 늘어갔다. 하지만 웨일러스는 여전히 빈털터리였다. 콕손에게 불만이 많았던 피터와 버니는 크리스마스를 앞두고 그동안 쌓였던 불만을 마구 쏟아 냈다.

"콕손 선생님, 더 이상은 안 됩니다. 올해 인기곡에 대한 돈을 지불하셔야지요!"

멤버 중에 키가 가장 큰 피터가 대들 듯이 말했다. 옆에 서 있던 버니도 지지 않고 말했다.

"일주일에 한 번씩 주는 적은 돈으로 어떻게 살라고요! 저희는 정당한 대가를 요구하는 거예요!"

콕손은 고개를 절레절레 흔들었다. 그러고는 피터와 버니를 노려보며 말했다.

"다들 왜 이러는 거야? 난 분명히 돈을 지급했어. 그러니 더 이상 돈을 요구하지 말라고."

버니가 밥을 돌아보며 말했다.

"밥, 뭐라고 얘기 좀 해 봐. 우리가 받는 대우가 정당한 건지."

밥은 잠시 생각에 잠겼다가 입을 열었다.

"콕손 선생님, 저희는 계약서 한 장 쓰지 않고 음악 활동을 해 왔어요. 그건 다 선생님을 믿고 의지하는 마음이 컸기 때문이에요. 선생님의 도움으로 저희가 이만큼 성장한 거 무척 고맙게 생각하고 있어요. 하지만 저희 입장도 생각해 주세요. 다들 열심히 노래하고 연주한 만큼 대가를 바라는 거지, 그 이상의 욕심을 부리는 건 아니라고 생각해요. 그러니까 제 말은……."

콕손은 인상을 찌푸리며 밥의 말을 끊었다. 그러고는 말했다.

"됐다, 밥! 모두가 자기의 입장만을 생각해 달라고 말하지. 내가 줄 수 있는 건 여기까지다."

콕손은 주머니에서 지폐 몇 장을 꺼내서 탁자 위에 던졌다. 밥은 그 지폐를 보고 콕손의 얼굴을 바라보았다. 콕손은 밥을 바라보며 실망했다는 표정을 짓고는 뒤돌아섰다. 콕손의 뒷모습을 보면서 밥은 갑자기 온몸의 힘이 탁 풀리는 느낌을 받았다. 그렇게 웨일러스는 콕손의 스튜디오 원을 떠나게 되었다.

"이제 우리 어떻게 하지?"

리타가 턱을 손으로 괴고는 말했다.

"이렇게 된 이상 우리의 힘으로 모든 걸 다 해야지."

밥이 대답했다.

"녹음에, 음반 제작에, 배급까지 전부 말이야?"

"응, 그렇게 하려면 음반 회사를 차려야 하는데⋯⋯."

"흠⋯⋯ 블루마운틴⁹⁾ 농장을 차리는 게 낫겠어."

피터가 투덜거렸다. 그는 블루마운틴을 좋아하기도 했다.

"넌 높은 데만 올라가면 벌벌 떨잖아. 그런데 어떻게 커피를 재배한다고."

"1930년대에는 어마어마하게 커피를 팔았다잖아. 뭐 커피 농장의 황제가 되는 것도 나쁘지 않지."

피터의 말에 리타가 소리 내서 웃었다.

음반 회사를 차리려면 많은 돈이 필요했다. 밥은 오랜 시간 고민한 끝에 어머니가 사는 미국으로 가기로 결정했다. 빨리 돈을 모으기 위해서는 자메이카에서 일하는 것보다 미국에서 일하는 것이 나았기 때문이었다.

---

9) **블루마운틴** 카리브 해가 내려다보이는 블루마운틴 산맥에서 재배되는 자메이카의 대표적인 커피입니다. 최고봉의 이름을 따 블루마운틴이라는 이름이 붙게 되었습니다. 부드럽고 은은한 맛으로 '커피의 황제' 라 불립니다.

1966년, 스물한 살의 밥은 리타와 결혼을 했다. 결혼식 다음 날, 밥은 자신들만의 음반 회사를 꿈꾸며 미국으로 떠났다.

5. 영국인? 자메이카인?

"하일레 셀라시에 왕, 어머니의 끝없는 사랑,
그리고 저를 화나게 하는 사람들이 음악을 만드는 데 자극을 줍니다.
저는 노래를 통해 저를 화나게 하는 사람들과의
직접적인 싸움을 피할 수 있었어요."

세델라는 일찍부터 공항에 나가서 밥을 기다렸다. 세델라는 공항 입구를 바라보다가 저려 오는 팔을 주물렀다.

밥과 함께 살 수 있는 날을 기다리며 세델라는 닥치는 대로 일을 했다. 그래서인지 세델라는 나이에 비해 주름살이 많았다. 하지만 세델라는 두근거리는 마음으로 밥을 기다렸다. 아끼고 땀 흘려 모은 돈으로 자신의 집과 가게를 마련했기 때문이었다. 물론 새 남편의 도움도 있었지만 세델라는 자신이 마련한 집을 밥에게 얼른 보여 주고 싶었다.

드디어 밥이 공항에 도착했다. 4년 동안 헤어졌던 세델라와 밥은 아무 말도 못하고 얼싸안았다.

"엄마! 제가 항상 꿈꾸어 왔던 집이에요!"

집에 도착한 밥이 큰 소리로 외쳤다. 밥은 성큼성큼 계단을 뛰어올라가 집 안을 살피기 시작했다. 세델라는 흐뭇한 표정으로 밥을 바라보았다.

이리저리 집을 구경한 밥이 거실 의자에 앉았다. 그러고는 세델라도 맞은편 의자에 앉게 했다. 밥은 진지한 표정으로 세델라에게 말했다.

"엄마……, 드릴 말씀이 있어요. 저 리타와 결혼했어요. 리타, 아시지요?"

세델라는 별로 놀라지 않았다. 그저 고개만 끄덕일 뿐이었다.

"미리 말씀 안 드려서 화나셨어요?"

밥이 조심스럽게 물었다.

"이미 알고 있었단다. 네가 결혼했다고 친구가 편지로 알려 주더구나."

"아…….."

밥은 고개를 푹 수그렸다.

"너 대신 정성껏 답장을 보냈던 그 아가씨 맞지? 마음에 드는 사람과 결혼한 것은 축복할 일이야."

세델라는 계속 말했다.

"하지만 밥, 나와 한마디 상의도 없이 결정을 내린 건 많이 섭섭하구나."

밥은 세델라의 거친 손을 잡았다.

"죄송해요, 엄마. 하지만 리타는 저에게 꼭 필요한 사람이에요. 스튜디오 원을 나올 때도 많은 힘을 주었거든요. 전 다시 힘을 내서 열심히 일하고 좋은 곡도 만들 거예요."

세델라는 밥의 눈빛에서 진심을 읽었다. 세델라는 밥의 손 위에 다른 한 손을 얹었다.

다음날부터 밥은 기회가 되는 대로 일하기 시작했다. 밥이 한 일은 화학 공장의 실험실 청소, 잡다한 일을 하는 조수, 자동차 공장, 야간 창고일, 주차장 안내원, 식당 접시 닦기 등이었다. 밥은 공장의 기계처럼 쉬지 않고 일했다.

밥은 일하면서 그동안 만든 곡을 끊임없이 흥얼거렸다. 잠시 쉬는 시간에도 밥은 종이를 들고 가사를 적었다. 미국의 공장은 자메이카의 킹스턴보다 훨씬 빠르고, 복잡하고, 시끄러웠다. 이런 곳에서 정신없이 일하면서도 밥은 소음과 먼지를 헤치고 아름다운 곡들을 만들었다.

　밥은 몸은 힘들었지만 집에 오면 편안함을 느꼈다. 하지만 평화롭고 조용했던 세델라와 밥의 보금자리에서도 조금씩 갈등이 생기기 시작했다.

　"밥, 오늘도 교회에 가지 않을 거니?"

　밥은 가사를 적으며, 꼬이기 시작한 긴 머리카락을 만지고 있었다. 세델라의 질문에 밥은 대답했다.

　"엄마, 괜찮으시면 잠시만 앉아 보세요."

　세델라는 밥의 맞은편에 앉았다.

　"그런데 밥, 머리카락이 너무 긴 거 아니니? 얼른 이발하렴. 지저분해 보이는구나."

　"엄마, 저의 진심을 전부 말씀드릴게요."

　밥은 세델라와 떨어져 지내면서 라스타파리 교도가 되어 있었다. 밥이 푹 빠진 라스타파리교는 에티오피아의 하일레 셀라시에 1세가 흑인들을 구원할 왕이라고 믿는, 흑인들만의 종교였다. 밥의 정신적 스승이었던 조 힉스의 영향도 컸다.

"엄마, 하일레 셀라시에 왕이 이 세상을 구원할 신이에요. 이 신은 우리와 똑같이 숨 쉬면서 살아 있고요."

밥은 세델라에게 라스타파리교에 대해 열심히 이야기했다. 하지만 세델라는 이해할 수 없다는 표정을 지었다.

"흑인들은 그동안 너무 억압된 삶을 살아 왔어요. 이제는 흑인의 인권을 살리는 운동이 필요해요. 또 지금 일어나고 있어요."

밥의 말에 세델라는 고개를 저으며 말했다.

"네 말은 알겠다만, 엄마는 받아들이기 힘들구나. 라스타[10] 들은 성실하게 사는 사람들이 아니잖니."

세델라는 밥을 걱정스러운 표정으로 바라보았다. 세델라에게 라스타들은 불량한 느낌이 강했고 착실하게 일하며 사는 사람들이 아니었다. 세델라는 많은 범죄자와 불량한 사람들이 라스타들처럼 빗질을 하지 않은 긴 머리를 하고 있었다는 사실을 떠올렸다. 그들처럼 머리카락이 긴 밥을 보며 세델라는 한숨을 내쉬었다.

---

10) **라스타** 라스타파리교를 믿는 사람을 뜻합니다.

"엄마, 짧고 곧은 머리카락이 다 좋은 건 아니에요. 이렇게 곱슬거리고 긴 머리카락은 사회에 대한 우리의 목소리라고요."

세델라는 여전히 밥의 긴 머리카락이 싫었다. 결국 세델라는 옷을 가다듬고 의자에서 일어났다.

"그만하자꾸나. 엄만 라스타의 입장을 이해하고 싶지 않아."

"잠깐만요. 엄마는 흑인으로서 부당하고 힘들게 살아온 삶이 후회스럽지 않으세요?"

세델라는 멈칫하며 밥을 쳐다보았다. 그러나 세델라는 곧 고개를 흔들었다.

"밥, 엄마는 교회에 가야겠다."

밥이 미국에서 세델라와 종교 갈등을 겪고 있을 무렵, 자메이카의 라스타들은 흥분에 들떠 있었다.

"하일레 셀라시에 1세가 킹스턴에 온다고?"

버니가 리타에게 물었다. 리타는 고개를 끄덕였다.

"응, 친구에게 들었어. 밥에게는 편지로 써서 알렸고."

하일레 셀라시에 1세가 자메이카에 방문한다는 소문이 쫙 퍼졌다. 킹스턴 공항은 며칠 전부터 독실한 라스타들로 붐볐다. 공항 주변의 골목마다 천막이 하나씩 늘어나기 시작했다.

"리타, 너도 셀라시에 환영 행사에 갈 거지?"

밥과 마찬가지로 라스타였던 버니와 피터가 물었다.

"글쎄……."

리타는 고개를 갸웃거렸다.

'하일레 셀라시에 1세……, 과연 그가 이 세상에 사람의 모습으로 나타난 구세주가 맞을까?'

교회에 성실하게 나가고 주일 학교 선생님이었던 리타는 고민에 휩싸였다. 그즈음, 같은 교회에 다니는 친구가 리타에게 말했다.

"리타, 셀라시에의 손바닥 가운데에 못 자국이 있대. 예수님처럼 말이야. 정말 있을까?"

순간 리타의 눈이 반짝였다.

'내 눈으로 확인해 봐야겠어. 밥이 그토록 숭배하는 셀라시에의 손바닥에 정말 못 박힌 자국이 있다면 그를 믿고 따라야지.'

리타는 버니, 피터와 함께 킹스턴 공항으로 갔다. 자메이카 각지에서 몰려든 라스타들로 공항은 발 디딜 틈이 없었다. 리타, 버니, 피터는 조심스럽게 사람들을 헤치고 자리를 잡았다.

드디어 셀라시에가 탄 비행기가 공항에 도착했다. 공항에 모인 많은 라스타들이 웅성거리기 시작했다. 몇몇 사람들은 낮은 목소리로 기도를 하거나 노래를 불렀다. 그때, 흰색 비둘기가 사람들 머리 위로 푸드덕거리며 날아올랐다.

"저기 봐! 비행기에 셀라시에 왕의 사자 무늬가 있어!"

키가 큰 피터가 비행기 쪽을 보더니 외쳤다. 피터의 말에 주변의 라스타들은 환호성을 지르기 시작했다. 이 외침은 점점 커졌고 공항 밖으로까지 울려 퍼졌다.

나오려던 셀라시에는 라스타들의 반응에 놀라 다시 비행기 안으로 들어갔다. 이렇게 한 시간이 넘게 흘렀다.

"셀라시에 왕이여, 저희가 왕을 위해 길을 열어 드리겠나이다."

공항 입구 쪽에 모인 라스타들이 소리 높여 외쳤다. 비행기 안에서 이 소리를 들은 셀라시에는 조심스럽게 다시 밖으로 나왔다.

많은 라스타들은 당당하고 위엄이 넘치는 왕의 모습을 기대했다. 하지만 셀라시에 왕은 작은 키에 평범한 얼굴을 가진 남

자였다. 하지만 리타에게 그런 셀라시에의 모습은 중요하지 않았다. 리타의 머릿속에는 셀라시에의 손바닥을 봐야 한다는 생각뿐이었다.

리타는 북적이는 사람들을 헤치고 셀라시에가 올라탄 자동차 쪽으로 다가갔다. 리타는 겨우 셀라시에가 보이는 곳까지 갈 수 있었다.

그때 셀라시에가 사람들에게 손을 흔들었다. 리타는 얼른 그의 손바닥을 살펴보았다.

"오! 못 자국이 있어! 저 검은 자국을 봐……. 신이시여!"

리타는 그 자리에서 무릎을 꿇고 두 손을 모았다.

셀라시에는 얼마간 자메이카에 머물렀다. 셀라시에가 머무는 동안 자메이카 정부의 태도가 바뀌었다. 라스타들을 사회에 불필요하고 위험한 사람들로 생각했던 정부가 이들의 종교를 인정한다고 발표한 것이었다. 하지만 셀라시에가 에티오피아로 떠나자 정부의 태도는 또 달라졌다. 다시 라스타들을 탄

압하기 시작한 것이었다.

"정부는 우리의 생존권을 보장하라!"

"정부는 우리의 종교를 다시 인정하라!"

킹스턴에 모여 살던 라스타들은 격렬하게 시위를 벌였다. 정부가 도로 공사를 내세워 이들의 보금자리를 빼앗으려고 했기 때문이었다. 라스타들은 끝까지 저항했지만 강제로 판자촌이 철거되었다. 이들의 낡은 집들은 너무도 쉽게 무너져 내렸다.

이뿐만이 아니었다. 시위를 하던 라스타들이 군인이나 경찰에게 체포되었다. 이들은 감옥에서 짐승 취급을 당했다. 집을 잃은 라스타들은 자메이카 곳곳으로 뿔뿔이 흩어졌다.

1966년, 자메이카의 이런 혼란은 음악에도 영향을 끼쳤다. 힘들게 살아가는 사람들을 춤추게 했던 빠른 음악은 조금씩 느리고 차분해졌다. 특히 다른 때보다 많은 사람들이 슬퍼했던 여름에 이런 변화는 두드러졌다.

이 음악을 '록 스테디'라고 불렀다. 록 스테디의 가사는 사회에 저항하는 내용이 많았다.

"피터, 록 스테디가 유행하는 가장 큰 이유가 뭐라고 생각해?"

리타가 기타를 연습하던 피터에게 물었다. 피터는 대답 대

신 록 스테디 곡 하나를 연주하기 시작했다. 연주를 마친 피터
가 말했다.

"너도 잘 알겠지만 록 스테디는 리듬이 일정해. 마치 심장
이 뛰는 것처럼 말이야. 그래서 음악을 듣고 있으면 기분이 안
정되지."

리타는 고개를 끄덕였다. 록 스테디 음악에는 혼란스러운
사회를 안정적으로 가라앉히고 평화롭게 살고자 하는 자메이
카 음악인들의 바람이 담겨 있었다.

그해 10월, 밥은 미국에서 자메이카로 돌아왔다. 밥은 미국
에서 번 돈으로 '웨일링 소울 레코드' 회사를 차렸다. 부인인
리타와 친구들의 도움도 컸다.

"밥, 이 곡들을 다 미국에 있을 때 만들었단 말이야?"

밥처럼 긴 머리카락이 꼬이기 시작한 피터가 물었다. 밥은
고개를 끄덕였다.

"곡까지 쓰면서 돈은 언제 번 거야? 하여간 대단해."

버니가 밥의 어깨를 툭 치며 말했다.

밥은 자메이카에 방문한 셀라시에를 보지 못한 아쉬움을 곡

에 담아 연습하고 있었다. 이때부터 밥은 라스타파리 교도로서의 믿음을 노래에 담기 시작했다.

웨일링 소울 레코드사의 시작은 괜찮은 편이었다. 웨일러스는 당시에 유행했던 록 스테디 곡을 발표했다. 그 곡은 곧바로 인기곡이 되었다. 앨범에 실린 다른 몇 곡도 성공을 거두었다.

"우리의 인기곡은 왜 라디오 방송에서는 안 나올까? 오늘은 은근히 기대했는데……."

라디오 앞에 딱 붙어 있던 버니가 투덜거렸다.

"밥, 지난주 음반 판매량이 뚝 떨어졌던데. 큰 음반사들이 마음먹고 방해하는 모양이야."

피터는 한숨을 내쉬었다. 밥과 버니, 피터는 회사를 꾸려 나가기에 아직 너무 어렸고 경험도 부족했다. 조 힉스나 콕손 같이 음반 업계에서 오래 일한 사람이 없으니 더욱 그랬다. 웨일링 소울 레코드사가 지속되기에는 현실이 너무 냉정했다. 결국 거센 파도 위에서 위태롭게 흔들리던 웨일링 소울 레코드사는 1967년 말에 조용히 문을 닫았다.

1968년, 자메이카 곳곳에서는 백인 우월주의[11]에 반대하는 젊은이들의 시위가 계속됐다. 웨일러스도 이 시위에 참여하려

다가 경찰에 잡혀 감옥에 갇히게 되었다. 밥은 한 달 만에 풀려났고, 버니는 감옥에 있었다. 자연히 웨일러스의 활동도 중단되었다.

밥은 예전보다 더 라스타파리교에 열중했다. 다시 주먹을 쥐고 거리로 나가 시위에 참여하고 싶었지만 현실 상황은 점점 안 좋아졌다.

'나는 영국인일까, 자메이카인일까? 아니면 완전히 다른 무엇일까?'

밥은 매일 이런 고민을 했지만 답이 나오지 않았다. 정신적으로 안정을 찾을 수 있는 무언가가 필요했다. 이즈음 밥과 리타의 아들인 지기 말리가 태어났지만 밥은 여전히 혼란스러웠다. 그래서 밥은 라스타들의 명상 모임에 자주 참가하게 되었다.

이날도 밥은 명상 모임에서 열심히 노래하고 기도했다. 의식이 다 끝나고 밥은 리타와 함께 자리에서 일어섰다. 그때 한 라디오 디제이가 밥에게 다가왔다.

"안녕하세요. 웨일러스의 밥 말리, 맞으시지요? 소개해 드

---

11) **백인 우월주의** 태어날 때부터 백인이 다른 인종보다 우월하다는 주장을 뜻합니다.

릴 분이 있습니다."

이렇게 해서 밥과 리타는 미국의 한 흑인 가수를 만나게 되었다. 이 가수는 이미 유명한 스타였던 자니 내시였다.

자니 내시는 열다섯 살 때, 골프장에서 일하다가 방송 제작자의 눈에 띄어서 가수가 되었다. 그는 흑인들에게 특히 더 높았던 연예계의 벽을 뚫고 텔레비전에 고정으로 출연하게 되었다. 이런 흑인은 자니 내시가 처음이었다.

자니 내시는 영화에서도 주인공을 맡았고 앨범도 큰 성공을 거두었다. 모든 일이 잘 풀리던 자니 내시는 많은 돈을 벌었고 유명해졌지만 항상 고민이 많았다.

'내 노래와 영화를 좋아하는 건 전부 백인들뿐이구나.'

걱정이 많았던 자니 내시는 흑인 연예 사업가 한 명을 알게 되었다. 둘은 곧 마음을 터놓는 친구로 지냈다. 사업가 친구는 자메이카에서 앨범을 만들기로 하고 자니 내시와 함께 킹스턴에 왔다. 둘은 음반 가게를 다니며 자메이카 음악을 듣기 시작했다.

"내시, 스카와 록 스테디를 직접 들어 보니 어때?"

"음……, 뉴욕의 음악에만 익숙해서인지 이 음악들이 굉장히 원시적으로 들려. 하지만 나쁘지 않군."

"싼 제작비로 미국 음악을 만들기 위해 자메이카까지 오긴 했지만, 미국에서도 이 음악들은 괴상한 것으로 취급을 받지. 안 그런가?"

사업가 친구의 말에 자니 내시는 얼떨결에 고개를 끄덕였다. 하지만 그날 밤, 자니 내시는 혼자서 다시 음반들을 들었다. 음악을 들으면 들을수록 마음속에서 무언가가 꿈틀거리는 것을 느꼈다.

자니 내시는 라스타파리교에도 호기심을 보였고 친분이 생긴 라디오 디제이를 따라 명상 모임에 오게 된 것이었다. 자니 내시는 활짝 웃으며 밥에게 손을 내밀었다.

"반가워요, 밥. 난 미국에서 활동하다가 킹스턴으로 온 자니 내시예요."

밥은 얼른 자니 내시의 손을 잡으며 꾸벅 인사했다.

"밥, 당신과 아내의 노래를 들어 보고 싶은데 가능할까요?"

마침 기타를 메고 있었던 밥은 그러겠다고 했다. 밥과 리타는 그 자리에서 아름다운 화음을 넣어 가며 몇 곡을 불렀다.

자니 내시는 쉼 없이 노래하는 둘을 보면서 사업가 친구에게 속삭였다.

"정말 멋진 친구들이군. 음반을 같이 제작해 보는 게 어떤가?"

이렇게 해서 밥은 새로운 회사와 계약을 했다. 밥은 이 회사에서 80곡이 넘는 곡을 녹음했지만 곡들 안에는 중요한 무언가가 빠져 있었다. 그것은 트렌치타운의 생생한 모습과 감정이었다. 자메이카의 많은 젊은이들이 웨일러스의 곡들에 실망을 느꼈다. 밥 역시 이렇게 앨범을 만들어서는 안 된다고 생각했다.

6. 레게, 탄생하다

"저는 노래를 통해 착한 사람들이 나쁜 사람들 때문에
고통 받고 있다는 것을 전하고 싶어요.
우리는 모두 정직하게 살아야 합니다."

1968년, 새로운 자메이카 음악이 탄생했다. 이 음악은 느리고 규칙적인 리듬의 록 스테디보다 더 느렸다. 라스타파리교의 의식이 반영된 이 음악이 바로 '레게'였다. 레게가 막 꿈틀거릴 무렵 밥은 다른 제작자와 음반을 만들고자 했다. 같이 일해 왔던 음반사의 규모가 많이 작아졌고, 무엇보다 그동안 녹음했던 곡이 밥이 원한 곡들이 아니었기 때문이었다.

밥은 당시 자메이카 최고의 음반 제작자였던 레슬리 콩과 앨범을 만들기로 했다. 이때 만든 곡들은 레게 초기의 열정이 가득 담겨 있었다. 예전 앨범에서는 주춤했던 사회의식이 다시 살아나기 시작했다. 하지만 레슬리 콩은 점점 세련되고 깔끔한 레게 음악을 원했다. 거칠고 투박했던 밥의 목소리도 점점 다듬어지고 매끈해졌다.

레슬리 콩은 자메이카와 영국에서 웨일러스의 앨범을 여러 장 발매했다. 하지만 이 앨범들은 전부 실패하고 말았다. 게다가 레슬리 콩이 심장마비로 숨을 거두면서 웨일러스도 다시 잊혀져 갔다.

열심히 곡을 만들고 노래하고 앨범을 내도 밥은 여전히 가난했다. 하지만 밥에게는 분명한 목표가 있었기 때문에 절대 포기하지 않았다. 음반 회사를 차리기 위해 밥은 다시 미국으로 가 일자리를 구했다. 밥은 밤낮없이 닥치는 대로 일을 했다.

한낮의 뜨거운 태양도 나를 쓰러뜨리진 못해.
어두운 밤의 달빛도 마찬가지야.
내가 하는 모든 것은 희망적이니까.

제대로 잠도 자지 못하고 일을 했지만 여전히 밥은 기타를 팅기며 곡을 만들었다. 지치고 힘들 때마다 밥은 자신이 만든 〈괜찮아 It's Alright〉를 흥얼거리며 잠이 들곤 했다.

1969년 가을, 밥은 킹스턴으로 돌아왔다. 밥이 미국에서 번 돈은 가족의 생활비와 작은 집을 빌리는 비용으로 전부 써 버렸다. 결국 음반 회사를 차릴 돈은 모으지 못했고 웨일러스는 또 다른 제작자가 필요했다.

"레슬리 콩이 갑자기 죽어서 깜짝 놀랐다니까. 나와 함께 일해 보는 건 어떻겠어?"

평소 웨일러스와 친분이 있었던 리 페리가 말했다. 그는 콕슨과 함께 일하다가 지금은 조그만 레코드 가게를 운영하면서 음반을 만들고 있었다. 이날도 웨일러스는 리 페리의 레코드 가게에 놀러 와 담소를 나누는 중이었다.

"밥은 여전히 자기 음반사에 대한 미련을 못 버렸어. 아마 밥이 허락을 안 할걸?"

옥수수빵을 우물거리던 버니가 말했다. 밥은 팔짱을 끼고 묵묵히 생각에 잠겼다. 밥이 알고 있는 리 페리는 항상 콕슨을 이기기 위해 이를 악물고 일하는 사람이었다. 또한 행동이 너무 특이해서 사람들이 슬금슬금 피하기도 했다. 밥을 흘낏 살핀 리 페리는 또 자신의 이야기를 하기 시작했다.

"나도 너희들처럼 콕손 때문에 스튜디오 원을 나왔어. 그는 일한 만큼 대우를 안 해 주었기 때문이지. 하지만 말이야. 난 콕손과 일한 시간들이 돈으로 바꿀 수 없는 소중한 연습 기간이었다고 생각해. 그렇지 않아?"

이 말을 들은 밥이 리 페리에게 말했다.

"좋아, 우리 같이 해 보자고."

웨일러스는 리 페리를 통해 번지르르한 껍질을 벗어던질 수 있었다. 레슬리 콩이 원했던 다듬어진 음악은 더 이상 없었다. 매끈하던 밥의 목소리도 원래의 거칠고 투박한 상태로 되돌아갔다. 리 페리는 기존의 음악과 똑같은 것을 싫어했다. 그의 번뜩이고 창조적인 상상력은 웨일러스의 음악을 완전히 바꾸어 놓았다. 잠시 웨일러스의 곁을 떠났던 팬들이 다시 환호하기 시작했다. 하지만 이러한 환호도 잠시였고 새로운 음악도 금방 익숙해져 갔다. 1970년이 시작되면서 웨일러스의 활동은 조금씩 줄어들었다.

☆

"여기가 비틀즈[12]의 음악이 탄생한 영국이구나."

영국 공항에 도착한 피터가 숨을 들이쉬며 말했다. 웨일러스는 자니 내시의 순회공연을 돕기 위해 영국으로 건너왔다. 자니 내시의 자메이카풍 앨범은 영국과 스웨덴 등에서 인기를 끌고 있었다. 자신들의 공연은 아니었지만 웨일러스는 부푼 마음을 안고 숙소로 향했다.

"뭐야! 이런 곳을 호텔이라고 이름 붙인 사람이 누구야?"

"바퀴벌레들의 천국이군. 음식을 놓아두지도 못하겠어."

싸구려 호텔에 도착한 버니와 피터는 경악했다. 밥 역시 고급 호텔을 바란 건 아니었지만 호텔 내부를 둘러보니 한숨이 나왔다. 밥은 짐을 던져 놓고는 낡은 소파에 드러누웠다. 먼지가 풀풀 날아올랐다.

연습실 또한 지저분했다. 지하실에 위치한 연습실은 습기로

---

12) **비틀즈**(The Beatles) 존 레논, 폴 메카트니, 조지 해리슨, 링고 스타로 구성된 영국 록 밴드입니다. 1962년부터 1970년까지 활동했으며 대중과 비평가 모두에게 인정받은 세계적인 밴드입니다.

눅눅했고 벽마다 거미줄이 늘어져 있었다. 버니와 피터는 자니 내시와 사업가 친구에게 직접 따지겠다고 펄펄 뛰었다. 하지만 밥은 그럴 수 없었다.

"밥, 자네의 앨범 계약을 위해서 CBS 레코드 영국 지사와 의논 중이네. 영국에서의 생활이 좀 힘들겠지만 이해해 주게. 나도 노력하고 있으니 말이야."

자니 내시의 사업가 친구가 밥을 조용히 불러서 한 말이었다. 그래서 밥은 버니와 피터를 다독일 수밖에 없었다.

자메이카가 그리워질 무렵, 웨일러스는 자니 내시의 앨범에 실릴 몇 곡을 녹음하기 위해 영국의 한 스튜디오로 향했다. 리 페리와 함께 하면서 자연스럽고 거칠었던 웨일러스의 곡들은 다시 매끈해지고 다듬어졌다. 왜냐하면 이 곡들은 전 세계 사람들을 대상으로 녹음하는 것이었기 때문이었다. 웨일러스의 녹음이 끝난 후 밥의 노래 한 곡을 더 녹음할 차례였다.

"자, 이제 〈브로드웨이의 레게 Reggae on Broadway〉 녹음 들어갑니다."

"아, 잠깐만요."

밥은 오늘 녹음을 위해 수없이 이 곡을 연습해 왔다. 하지만

녹음을 시작하려 하자 가슴 한구석에서 뭉클한 것이 치밀어 오르는 것을 느꼈다. 〈브로드웨이의 레게〉는 밥이 어렸을 때 극장 무대에서 불렀던 드리프터스의 노래와 많이 닮아 있었다. 그때의 둥그런 조명이 떠올라 밥은 순간 목이 메었다.

영국에서의 녹음을 마친 후 웨일러스는 자메이카로 돌아왔다. 영국에서의 생활이 자극이 되었는지 웨일러스는 어느 때보다 더 열정적으로 새로운 앨범 작업에 힘을 쏟았다. 리 페리는 좋은 현상이라고 떠들어 대며 웨일러스를 격려했다.

"밥, 그 곡 있잖아. 4년 전부터 만들었다는 그 곡! 이제 그 곡을 녹음할 차례라고!"

앨범에 담을 곡들을 정리하던 리 페리가 밥에게 말했다.

이렇게 해서 밥을 자메이카의 영웅으로 만든 〈트렌치타운 록 Trenchtown Rock〉이 1971년 여름에 발표되었다. 제목 그대로 트렌치타운의 사람들을 대상으로 한 이 노래는 5개월 동안 인기 순위 1위를 차지했다. 이 노래는 빈민가인 트렌치타운에 긍정적인 가치를 부여해 많은 사람들을 열광하게 했다.

〈트렌치타운 록〉으로 웨일러스는 바쁜 나날을 보냈다. 여기

저기 방송국에서 출연 요청이 쏟아졌다. 정신없는 하루하루를 보내면서 웨일러스는 사회적인 책임감을 강하게 느꼈다.

웨일러스는 밤낮없이 바쁘게 연습했다. 하지만 이들이 땀 흘린 만큼 큰 보상이 주어지지 않았다. 당시 인기 있었던 스타들에 비하면 이들의 보상은 보잘것없는 수준이었다. 게다가 내부적인 갈등도 점점 커지기 시작했다.

"스튜디오 사용료가 이렇게 비싼데……. 왜 매번 밥의 노래만 먼저 녹음하냐고요!"

밥은 리 페리에게 따지는 피터의 말을 듣게 되었다. 밥은 얼른 바깥으로 나왔다. 그러고는 사람들이 분주히 오가는 거리를 바라보았다.

'남들이 보기에 웨일러스는 잘나가는 밴드겠지. 인기도 있고 돈도 많이 벌었을 거라고 생각할 거야. 하지만 안으로는 이렇게 곪아가는걸. 아무 문제 없어 보이는 이 거리와 똑같구나.'

조 힉스를 만나 웨일러스가 결성된 지 10년 가까이 흘렀다. 자메이카가 영국으로부터 독립한 지도 9년 가까이 지났다. 자메이카는 겉으로 보기에는 큰 사건 없이 잘 흘러가는 것처럼 보였다. 하지만 안을 들여다보면 상황은 전혀 달랐다. 여전히 많은 흑인들의 노동을 착취해 소수의 사람들이 편하게 살고 있었다. 밥은 이런 자메이카 사회의 불평등에 분노했다. 음반 업계도 이런 상황과 비슷했다.

당시 자메이카는 소수의 가진 자들을 대표하는 노동당과 서민들을 위한 민중당으로 나누어져 있었다. 독립 이후 노동당이 계속 자메이카의 정치를 맡고 있었다. 그런데 다음 해인 1972년에 총선거가 있을 거라는 정부의 발표가 있었다.

"리타, 민중당에서 마이클 만리를 후보로 내세웠어."

신문을 보던 밥이 리타에게 말했다.

"오, 당연한 결과야. 셀라시에가 선택한 분인데!"

리타는 두 손을 모으고 외쳤다.

마이클 만리는 하일레 셀라시에의 자메이카 방문을 이끌어 낸 사람이었다. 셀라시에는 감사의 표시로 마이클 만리에게 지팡이를 선물했다. 이 사건은 많은 라스타들을 들뜨게 했다.

"오! 셀라시에 왕이 마이클 만리를 선택했어! 이건 하늘의 계시야!"

마이클 만리는 선거 운동을 하는 동안 이 지팡이를 들고 다녔다. 연설을 하면서 지팡이를 휘두를 때마다 사람들은 감탄을 했다. 당시 대부분의 라스타들은 선거나 정치를 거부했다. 하지만 밥은 민중당의 선거 운동을 돕기로 결심했다. 민중을 생각하는 마이클 만리의 진심에 감동했기 때문이었다.

"자, 이것이 민중당 음악 마차입니다. 올라타시지요."

밥과 리타는 짐을 싣는 곳을 무대로 만든 트럭에 올랐다. 그렇게 자메이카 곳곳을 돌면서 밥과 리타는 열심히 노래를 불렀다. 둘이 부르는 레게 음악을 들으며 마이클 만리는 고개를 끄덕였다.

'난 빈민가에서 태어난 건 아니지만, 저들의 노래를 듣고 있으면 그곳에서의 경험에 깊이 공감하게 돼. 레게 음악엔 깊은 힘이 담겨 있어.'

마이클 만리는 밥과 리타의 도움으로 더욱 인상적인 연설을 했다. 하지만 몇 주 후 밥은 웨일러스와 함께 영국으로 가야 했다. 어쩔 수 없이 밥은 민중당 음악 마차에서 내려왔다.

"휴, 이 호텔에 다시는 안 올 줄 알았는데."

"뭐, 그럭저럭 적응돼서 처음보단 괜찮네."

영국의 싸구려 호텔에 다시 들어서며 버니와 피터가 투덜거렸다. 밥과 웨일러스가 다시 영국에 도착했을 무렵, 자니 내시의 곡은 영국 인기곡 차트에서 1위를 하고 있었다. 또 밥과 웨일러스는 자니 내시의 그늘에 가려져 있어야 했다.

"자니 내시가 우리나라의 대표 가수인 것처럼 행세하는 게 정말 보기 싫어!"

성격 좋은 버니가 드디어 불만을 터뜨렸다. 자니 내시의 앨범은 영국을 넘어 다른 나라에서도 인기를 모으고 있었다. 자니 내시는 너무 바빠서 얼굴 보기도 힘든 스타가 되었다.

"솔직히 자니 내시는 순수한 자메이카인도 아니잖아!"

피터가 밥의 눈치를 보며 버니를 쿡 찔렀다. 버니는 곧 입을 다물더니 밖으로 나가 버렸다. 밥은 그런 버니의 뒷모습을 쓸쓸히 바라보았다.

자니 내시의 앨범과 비슷하게 발매된 밥의 〈브로드웨이의 레게〉는 대실패였다. 레게 음악은 아직 많은 사람들에게 낯설었다. 이러다 보니 CBS 레코드 영국 지사는 자니 내시의 앨범 홍보에만 신경을 썼다. 밥은 주먹을 불끈 쥐었다.

"어떻게든 일어서야 해. 여기서 무너질 수는 없어."

밥은 한 명이라도 팬을 모으기 위해 고민을 했다. 마침 자니 내시가 3주간 순회공연을 한다는 소식이 들렸다. 밥은 어떻게 해서든 그 순회공연을 함께 가야겠다고 결심했다.

"오늘부터 하루에 고등학교 네 곳 정도를 방문할 겁니다. 밥 말리의 공연 시간 15분, 다음에 자니 내시의 공연 15분이 끝나면 학생들의 질문에 답하는 시간 30분이 주어집니다."

영국의 추운 날씨를 뚫고 자니 내시와 밥은 첫 번째 고등학교를 방문했다. 이미 최고의 스타였던 자니 내시는 많은 학생들의 환호를 받았다. 자니 내시가 학생들에게 둘러싸여 있을 때 밥은 조용히 기타를 점검했다.

밥이 공연을 시작하려 할 때 학생들의 표정은 무관심 반, 호기심 반이었다. 자니 내시의 사인을 받기 위해 그의 앨범을 손에 든 학생도 눈에 띄었다. 하지만 밥은 전혀 신경 쓰지 않고 노래를 불렀다.

30분의 질문 시간에도 밥보다 자니 내시에게 질문이 쏟아졌다. 하지만 시간이 지날수록 밥에게 관심을 보이고 질문하는 학생이 많아졌다. 밥은 학생들에게 라스타로서의 믿음이나

흑인들의 현실 등에 대한 이야기를 주로 들려주었다.

힘든 3주의 시간이 끝났을 때 밥은 많이 유명해져 있었다. 하지만 문제는, 여전히 앨범에 대한 반응은 없었다는 것이었다. 고등학교 순회공연을 마치고 자니 내시는 미국에서의 앨범 발매를 위해 뉴욕으로 떠났다. 밥과 웨일러스는 연습실에 털썩 주저앉았다.

"완전히 영국에 갇혀 버렸군. 자메이카로 돌아갈 비행기 티켓도 없잖아."

영국에서 웨일러스의 현실은 비참했다. 그들에게는 일도 없었고 돈도 없었다. 밥은 계속 고민하고 있던 생각을 행동으로 옮겨 보기로 했다.

'크리스 블랙웰 사장을 직접 만나야겠어.'

크리스 블랙웰 사장은 젊은 영국계 자메이카인이었다. 그리고 잘 나가는 가수들을 거느린 아일랜드 레코드사의 대표였다. 밥은 크고 깨끗한 사무실로 당당히 걸어 들어갔다. 크리스 블랙웰 사장은 반갑게 밥을 맞이했다.

"웨일러스의 노래는 예전에 들어 본 적이 있지. 아주 멋진 연주와 노래였어. 자넬 한번 만나고 싶었는데 이렇게 기회가 올 줄이야."

둘의 대화는 계속 이어졌다. 결국 밥은 아일랜드 레코드사와 앨범을 녹음하기로 결정했다. 크리스 블랙웰 사장은 그 대가로 큰 액수의 돈을 먼저 지불하겠다고 약속했다. 그래서 웨일러스는 자메이카로 돌아갈 수 있게 되었다.

"밥, 미국과 영국 팬들을 확 사로잡을 수 있는 레게 앨범을 만들어 보자고! 레게를 전 세계에 제대로 알리는 거야!"

크리스 블랙웰 사장은 밥에게 당부했다. 웨일러스는 환호를 지르며 자메이카로 가는 비행기에 올랐다.

밥은 크리스 블랙웰 사장이 보낸 돈으로 다시 레코드 가게를 열었다. 킹스턴에 있었던 이곳은 웨일러스의 연습 장소이자 사무실이었다. 웨일러스는 자메이카와 영국을 오가며 앨범을 녹음했다. 밥은 자메이카에 들어오면 꼭 이 가게에 들렀다. 그래서 킹스턴만의 레게 음악 시장을 점검했다.

밥은 이날도 가게에 들렀다가 간만에 트렌치타운으로 차를 몰고 나갔다. 거리의 사람들이 밥을 보고 손을 흔들었다. 어떤 소년은 "밥 말리, 밥 말리!"하고 이름을 계속 외쳐 댔다. 차를 천천히 몰면 마을 사람들이 계속 쫓아오기도 했다.

밥이 한 가게에 들어갔을 때였다. 어느덧 주변에 꽤 많은 사람이 모여들었다.

"트렌치타운의 영웅, 밥 말리 군! 만나서 반갑네."

나이가 지긋한 어르신 한 분이 밥에게 악수를 청했다. 밥은 얼른 쭈글쭈글한 손을 잡으면서 허리를 숙였다. 영웅이라는 호칭에 괜히 부끄러워서 얼굴을 들 수가 없었다.

맨발의 지저분한 아이들은 밥에게 다가와 돈을 달라고 구걸했다. 밥은 아이들의 머리를 쓰다듬었다. 그리고는 주머니를 뒤져 동전을 건네주었다.

차에 올라탄 밥은 무언가 답답함을 느꼈다. 새까만 맨발로 구걸하던 아이들의 눈빛을 쉽게 잊을 수가 없었다. 밥이 어릴 때와 지금의 트렌치타운은 조금도 달라진 게 없었다. 밥은 자신의 고향인 세인트앤으로 차를 몰았다.

외할아버지인 오메리아의 옛집은 따뜻한 모습으로 밥을 맞아 주었다. 밥은 둥그런 언덕을 오르내리며 염소를 몰던 어린 시절로 돌아가 있었다. 고된 연습과 일정에 지친 밥은 풀밭에 몸을 뉘였다.

바람이 풀밭을 가볍게 스치고 지나갔다. 그 소리는 무릎에 밥을 눕히고 옛날이야기를 들려주던 외할아버지의 목소리 같았다. 밥은 간만에 평온한 기분을 느꼈다. 그렇게 밥은 한참 풀밭에 누워 있다가 언덕 아래로 내려왔다.

"아주머니! 아주머니! 계세요?"

외할아버지의 옛집에는 친척 아주머니가 살고 있었다. 부엌에 있던 아주머니는 한걸음에 달려 나왔다.

"오, 밥이구나! 어서 이리 들어오렴."

"성경책 가지고 계시지요? 잠깐만 빌릴게요."

두툼한 성경책을 들고 밥은 다시 언덕 위로 향했다. 어릴 때 염소들과 함께 오갔던 길이 아직도 있을 것만 같았다. 밥은 풀피리를 '삑, 삑' 불며 언덕을 올랐다. 사방은 온통 연두색으로 가득 차 있었고 저 멀리 소들이 한가롭게 풀을 뜯고 있었다.

밥은 자리를 잡고 앉았다. 그러고는 성경책을 펼쳐 소리 내 읽기 시작했다. 성경을 열심히 읽다가 밥은 고개를 들고 언덕 아래를 바라보았다. 무대 위에서 환호하는 관객을 바라보듯이, 때로는 다른 나라에 여행 온 관광객처럼.

해가 질 때까지 밥은 성경을 읽고 또 읽었다.

7. 영국과 미국을 뒤흔들다

"관객들이 집중할 수 있는 음악과 무대를 선보이고 싶어요.
우리가 조금도 흔들림 없이 정확하게 연주해야
관객들이 마음껏 우리 음악을 즐길 수 있습니다."

1972년, 자메이카 전체에 선거의 열기가 가득 찼다. 많은 자메이카인들이 평등과 정의 그리고 나눔을 간절히 바라고 있었다.

"전 여러분을 만날 때마다 마음이 너무 아픕니다. 심장이 터질 듯이 아픕니다!"

민중당의 마이클 만리는 연설을 하면서 울부짖었다. 마이클 만리의 말이 이어질 때마다 몇몇의 사람들은 눈물을 닦았다. 연설이 끝나면 모여든 사람들은 손바닥이 빨개지도록 박수를 쳤다. 선거를 하기도 전에 이미 마이클 만리는 이들의 새로운 수상이었다.

"뭐? 민중당을 지지하는 곡은 방송에 나갈 수 없다고?"

"지독한 노동당 같으니라고."

피터는 버니의 말에 탁자를 쾅 내리쳤다. 당시 많은 음악인들이 민중당을 응원하고 있었고 이런 현상에 분노한 노동당이 검열을 시작한 것이었다. 노동당은 민중당을 응원하는 가수들의 곡을 모든 방송에서 틀지 못하게 했다.

"뭐, 선거가 있을 가을까지만 견디면 될 거야. 더 이상 어떻게 막겠어?"

밥은 이를 꽉 물었다. 하지만 밥과 리타는 작년에 민중당 음악 마차에서 노래했기 때문에 검열이 더 심했다. 노동당 정부는 숨도 못 쉬게 검열을 강화했다. 그래서 웨일러스는 앨범을 낼 시도조차 하기 힘들었다.

어느 해보다 힘든 1972년의 여름이 지나고 선거가 있는 가을이 되었다. 많은 사람들의 기대에 힘입어 마이클 만리는 수상으로 선출되었다. 자메이카의 정치는 서서히 새로운 방향으로 몸을 틀고 있었다. 웨일러스도 마찬가지였다.

이해 말, 레게 음악을 연 웨일러스의 새 앨범이 영국에서 발매되었다. 곧이어 이 앨범은 미국에서도 발매되었다. 이 앨범은 새로운 변화를 준비하는 정치 상황과 비슷하게 레게의 방향을 새롭게 바꾸어 놓았다. 평론가들의 반응은 긍정적이었다.

"이젠 적극적으로 앨범 홍보에 나서야 해. 영국과 미국의 순회공연을 준비하게나."

크리스 블랙웰 사장은 단단히 당부했다. 웨일러스는 키보드 연주자를 뽑아 6인조로 순회공연 연습에 들어갔다. 새로운 멤버와 호흡을 맞추는 것도 필요했다. 그리고 영국 공연 기간이 3개월이 넘기 때문에 새롭게 편곡하는 작업도 이루어졌다.

드디어 웨일러스는 영국 순회공연을 위해 런던에 도착했다. 그들에게는 매니저도 따로 없었고 악기를 실을 커다란 차가 주어진 것도 아니었다. 웨일러스는 영국의 여러 극장과 공연장을 전전하며 노래하고 연주했다.

"내일 갈 곳은 어디야?"

얼굴살이 쏙 빠진 버니가 밥에게 물었다.

"음……, 벨파스트에 가야 해."

"그쪽은 제발 음식이 입에 맞았으면 좋겠어."

버니가 투덜거렸다.

"그나저나 경비가 얼마 남지 않았어. 이러다 일찌감치 순회 공연을 마쳐야 되는 거 아닌가 몰라."

피터가 주머니를 뒤적거리며 말했다.

웨일러스는 최소한의 경비로 낯선 환경을 이겨 내며 순회공 연을 하고 있었다. 다행히 영국에서의 반응은 뜨거웠고 여기 저기서 출연 요청이 쏟아졌다.

웨일러스는 BBC의 텔레비전 프로그램에 출연해 두 곡을 연주했다. 그리고 바로 이어 큰 규모의 극장에서 공연을 했다. 이 공연은 영국 라디오를 통해 방송되는 무대였다.

웨일러스는 조용히 대기실에 앉아 무대 상황에 집중하고 있 었다. 다른 가수의 무대가 끝날 때마다 큰 박수와 환호성이 터 져 나왔다. 버니는 계속 왔다 갔다 하고 있었고, 새로 들어온 키보드 연주자는 손톱을 잘근잘근 씹고 있었다. 피터는 관객 석이 안 보일 만큼 깊숙한 모자를 쓰고 기타를 매만지고 있었 다. 수십 번 무대에 섰지만 다들 긴장한 표정이었다.

"자, 다음 무대는 멀리 자메이카에서 온 손님들입니다. 레게라는 새로운 음악을 들려줄 웨일러스입니다!"

웨일러스 멤버들이 큰 무대에 자리를 잡자 사회자가 이들을 소개했다. 밥은 마이크를 앞으로 끌어당겼다. 수많은 관객들의 눈이 조명처럼 반짝거렸다.

"반갑습니다. 그리고 감사합니다."

밥의 짧은 인사가 끝난 후 연주가 바로 시작됐다. 그 순간 긴장한 버니의 드럼 연주가 약간 흔들렸다. 하지만 곧이어 다른 연주가 버니의 실수를 가려 주었다. 이들은 차분한 곡으로 시작해 점점 박자가 빠른 곡으로 분위기를 주도해 갔다.

"여러분, 이런 곡에는 신나게 몸을 흔드셔야겠지요?"

흥분에 찬 목소리로 사회자가 외쳤다. 관객들은 좁은 자리에 아랑곳 않고 춤을 추기 시작했다. 곡의 마지막 부분에서는 관객들 대부분이 두 손을 치켜들고 환호하는 진풍경이 펼쳐졌다.

분위기가 고조될 무렵, 키보드 연주자가 박자에 맞지 않는 엉뚱한 음을 계속 눌러 댔다. 이 사실을 깨달은 키보드 연주자는 표정이 딱딱하게 굳었다. 열정적으로 노래하던 밥이 키보드 연주자를 무섭게 노려보았다. 밥은 손을 들어 연주하던 곡을 중단했다. 순간 환호하던 관객들이 조금씩 조용해졌다.

밥은 버니에게 다음 곡을 하자고 손짓했다. 버니의 드럼 연주가 바로 이어졌다. 다행히 관객들은 다음 곡의 분위기에 금방 적응했다. 이제 이들에게 레게와 웨일러스의 음악은 낯설지 않았다.

"자, 이제 웨일러스의 마지막 곡이 남았습니다. 이 분위기를……."

사회자의 말이 채 끝나기도 전에 관객들의 함성이 커졌다.

"계속 해! 계속 해!"

관객들은 한 목소리로 외쳤다. 밥은 사회자에게 다가가 두세 곡을 더 하겠다고 말했다. 이렇게 웨일러스는 몇 곡을 더 연주하고 무대에서 내려왔다.

웨일러스가 대기실에 들어와서도 관객들의 함성은 그치지 않았다. 멤버들은 땀을 닦으며 악기를 챙겼다.

"정신을 어디다 두고 연주하는 거야? 너 때문에 한 곡이 완전 엉망이 되어 버렸잖아!"

밥은 키보드 연주자의 실수에 단단히 화가 나 있었다. 실수를 인정하지 않는 완벽한 밥의 성격을 키보드 연주자는 알고 있었다.

"정말 죄송해요. 관객들의 환호에 잠시 정신이 나갔었나 봐요. 앞으로 절대 이런 실수는 하지 않을게요."

키보드 연주자는 계속 허리를 숙였다. 밥은 금세 화를 풀고 어린 연주자의 등을 두드려 주었다.

3개월의 시간이 지나고 웨일러스는 자메이카로 향하는 비행기에 올랐다.

"버니, 괜찮은 거야? 얼굴빛이 너무 안 좋은데?"

피터가 버니를 일으켜 세웠다. 버니는 영국 음식이 맞지 않아 며칠째 제대로 먹지 못한 상태였다. 얼굴살이 쏙 빠진 버니는 이마에 손을 갖다 댔다.

"이젠 비행기까지 날 못살게 구는군. 머리가 너무 아파."

밥은 버니에게 어떤 위로의 말도 건넬 수 없었다. 오랜 친구였지만 중심 역할을 맡은 밥의 비중이 점점 더 높아지면서 버니와 피터의 불만 또한 커진 것이었다. 버니는 불만을 강하게 드러내고 밥과 대화도 하지 않는 상태였다. 하지만 밥은 버니를 걱정 어린 표정으로 바라보았다. 그러고는 좌석에 기대어 눈을 감았다.

긴 시간 끝에 비행기는 자메이카에 도착했다. 버니는 공항에 내리자마자 밥이 들으라는 듯 큰 목소리로 말했다.

"난 더 이상 순회공연에 참여하지 않겠어! 녹음과 자메이카에서 하는 공연만 함께 할 거야."

버니의 갑작스러운 말에 멤버들은 아무 대답도 못했다. 피터가 버니의 팔을 꽉 잡았다.

"왜 그래? 힘들었지만 영국 공연은 성공적이었잖아."

"비행기 타는 것과 음식에 적응하는 게 너무 힘들어. 이러다 무대 위에서 쓰러지겠다고."

버니는 고개를 절레절레 흔들며 말했다. 밥도 더 이상 가만히 듣고만 있을 수는 없었다.

"버니, 우린 곧 있을 미국 공연을 준비해야 해. 네가 없으면……."

버니는 밥의 말을 잘랐다. 그러고는 밥을 정면으로 똑바로 쳐다보았다.

"난 모든 게 지긋지긋해! 그러니 날 제발 내버려 둬."

밥은 비틀거리며 멀어지는 버니의 뒷모습을 바라볼 수밖에 없었다.

누구보다 친구와의 우정을 소중히 여겼던 밥은 생각이 많아졌다. 밥은 진심으로 모든 역할을 버니에게 주고 싶었다. 하지만 모든 것을 되돌리기에는 힘든 상황이었다. 게다가 버니와 밥 모두 지칠 대로 지쳐 있었다.

버니는 잠시 웨일러스를 떠났지만 남은 멤버들은 어떻게 해서든 미국 순회공연을 준비해야만 했다. 밥과 피터는 매일 늦게까지 대책을 세우느라 정신이 없었다.

"새로운 멤버를 뽑기에는 시간이 너무 부족해, 어떻게 하면 좋지?"

"버니의 맑은 목소리를 대신할 만한 사람이 없을까?"

"밥! 조 힉스 선생님께 부탁드리는 건 어떨까?

"그래! 선생님이라면!"

결국 밥과 피터는 조 힉스에게 미국 순회공연을 함께 하자고 부탁했다. 평소 웨일러스의 성공에 누구보다 기뻐하던 조 힉스는 순순히 승낙했다. 이렇게 해서 버니가 맡았던 맑은 고음은 조 힉스가 대신하게 되었다.

웨일러스는 영국 공연의 피로가 가시기도 전에 미국으로 떠났다. 영국에 갔을 때보다 더 많은 짐과 악기를 스스로 챙겨야 했다. 하지만 밥은 조 힉스가 함께 한다는 사실만으로도 벅차고 든든했다.

"밥, 트렌치타운에서의 연습 기억나지? 쉬는 시간 없이 여덟 시간을 계속 연습한 적도 있었잖아."

조 힉스가 밥에게 말했다. 밥은 고개를 끄덕였다.

"그때 선생님의 가르침이 있어서 미국까지 오게 된 거예요."

조 힉스는 웃으며 밥의 어깨를 두드렸다.

"밥, 자랑스럽다. 연약한 소년이었던 네가 이렇게 강인해지다니."

"선생님, 저희와 함께 해 주셔서 정말 감사드려요."

웨일러스와 조 힉스는 미국 전체를 돌면서 공연했다. 백인이 대부분이었던 미국 관객들에게 웨일러스의 음악은 미지의 세계에서 온 우주선이었다. 처음에 미국 관객들은 레게 음악에 어떻게 호응하고 춤을 추어야 하는지 몰라 당황해 했다.

캔자스시티에서 있었던 공연은 유명 미국 가수 공연의 오프닝 무대였다. 관객들은 까무잡잡한 피부의 웨일러스가 무대에 올라와도 아무 반응이 없었다. 제각각 수다를 떨거나 공연할 가수의 이름을 외치는 게 고작이었다. 밥은 무대에 서서 한참 동안 관객을 바라보았다. 자신과 눈을 마주치는 관객은 몇 없었다. 순간 밥은 자니 내시와 영국 고등학교를 순회할 때 학생들의 무표정한 얼굴이 떠올랐다. 그 학생들은 처음에는 밥에게 무관심했지만 나중에는 그의 팬이 되었다. 밥은 왠지 모를 힘이 솟았다. 웨일러스의 첫 곡은 힘차게 시작됐다.

하지만 음향 시설이 엉망이었다. 기타 소리는 너무 크게 들렸고 드럼 소리는 뒤로 묻혀 버렸다. 게다가 밥의 노래도 크게 들렸다 작게 들렸다 했다. 관객 역시 각자 떠드느라 공연장은 아수라장이었다.

밥은 곡이 진행될수록 더 강하고 위협적으로 노래를 했다. 음향 시설의 상태를 파악한 멤버들도 소리를 조절해 가며 안정적으로 연주를 했다. 웨일러스의 무대에 관심이 없던 관객들은 하나둘씩 무대로 시선을 돌렸다. 이들의 마지막 곡이 끝났을 때 대부분의 관객들은 입을 떡 벌리고 무대를 바라봤다. 관객들은 무언가 단단하고 신성한 이들의 음악에 빠져 박수칠 생각도 잊은 것 같았다. 많은 미국 관객들이 심장 박동 소리를 닮은 이들의 리듬에 푹 빠졌다.

미국 순회공연도 끝이 났다. 웨일러스는 많은 팬을 확보하며 유명해졌다. 하지만 이들은 여전히 가난했다.

"선생님께 뭐라고 말씀드리지? 너무 죄송한데……."

"선생님 일정도 있으니 먼저 자메이카로 가시라고 설득하자."

"그럼 다섯 명이서 무대에 서자고?"

"응, 난 우릴 믿고 도와주신 선생님을 실망시켜 드리고 싶지 않아."

"그래도……."

"피터, 마지막 공연은 캐나다까지 가야 하잖아. 우리끼리 해 보자고."

"캐나다까지 갈 자금은 되는 거야?"

"응, 선생님 몫 챙겨 드리고도 조금 남아. 선생님께는 절대 비밀이야."

밥과 피터는 한숨을 내쉬었다. 앨범을 많이 팔아도 이들에게 돌아오는 돈은 거의 없었다. 결국 밥과 피터의 설득에 조 힉스는 먼저 자메이카로 돌아갔다. 다섯 명이 된 웨일러스는 캐나다에서의 공연을 정신없이 마치고 귀국했다.

2주 후, 웨일러스는 영국으로 다시 갔다. 역시 새 앨범의 홍보를 위한 순회공연 때문이었다. 영국의 날씨는 매섭게 차가웠다. 웨일러스는 횡한 마음을 추스르며 여러 무대에 섰다.

"아, 이게 눈이라는 거구나."

밥은 손바닥에 떨어지는 눈을 한참 바라보았다. 솜털처럼 가볍게 떨어지던 눈은 질척한 땅에 닿자마자 사라져 버렸다. 그렇게 웨일러스도 척박한 해외 순회공연을 이기지 못하고 금이 가고 있었다. 고된 일정에 지쳐 가던 멤버들은 하나둘씩 웨일러스에서 마음이 멀어지기 시작했다. 밥과 피터는 처음으로 목소리를 높여 다투었다. 게다가 키보드 연주자는 다른 곳에서 일하게 되었다고 말해 멤버들을 당황하게 만들었다.

결국 영국에서의 공연은 모두 취소되었다.

'이 눈처럼 모든 게 녹아 버린 기분이야.'

밥은 웨일러스의 시대가 끝났음을 느꼈다.

8. 여인이여, 울지 마세요

"사람들이 고통스러워 하는 것을 보고 싶지 않습니다.
그들의 고통을 곡으로 만들어서 돈을 벌고 싶지도 않습니다.
제가 바라는 건 모두가 행복하게 사는 것입니다."

마이클 만리를 수상으로 뽑은 사람들은 자메이카의 변화를
간절히 원했다. 마이클 만리는 사회의 문제점을 고치기 위해
노력했다. 하지만 반대 세력이었던 노동당이 가만히 있을 리
없었다.

마이클 만리가 속한 민중당과 노동당의 충돌은 심각했다.
밤만 되면 정치인들이 고용한 폭력배들이 소란을 피웠다. 경
찰들마저 밤에는 거리에 나오려 하지 않았다. 킹스턴의 밤은
공포 그 자체였다.

노동당의 폭동을 막기 위해 마이클 만리는 야간 통행금지령을 내렸다. 그리고 거리에 무장한 군인과 탱크가 등장하기 시작했다.

"세상에나, 오후 여섯 시 이후엔 밖에 못 나가는 거예요?"

"그렇다니까요. 폭력 영화도 상영 금지된대요."

사람들은 거리마다 서 있는 군인을 보며 수군거렸다. 그러면서 불안감에 몸을 떨었다.

"휴, 하마터면 여기 못 들어올 뻔했네."

카리브 극장으로 들어오던 버니가 한숨을 내쉬었다. 마빈 게이의 오프닝을 준비하던 멤버들은 전부 버니를 쳐다보았다.

"왜 무슨 일 있었어?

"아까 바깥이 좀 소란스러운 것 같긴 하더라만."

전부 한 마디씩 거들었다.

"글쎄, 극장 입구에서 큰 싸움이 벌어졌지 뭐야. 킹스턴에서 정치 싸움은 일상이 되어 버렸어."

이날은 마빈 게이[13]의 공연날이었다. 웨일러스는 멤버들 간

----

13) **마빈 게이(Marvin Gaye)** 1960~80년대에 주로 활동했던 미국의 소울 가수입니다. 모타운 레코드사의 대표 가수였고 흑인 음악계에 큰 영향을 미쳤습니다.

의 사이가 좋지 않았지만 이 공연의 오프닝을 거절할 수 없었다. 마빈 게이가 공연 수익금의 일부를 트렌치타운의 공공시설을 세우는 데 쓰겠다고 밝혔기 때문이었다. 밥은 버니와 피터, 그리고 다른 연주자들을 잘 설득해 이 무대에 서게 되었다.

웨일러스는 오랜만에 자메이카에서 공연을 하는 것이었다. 그래서인지 사람들은 더욱 열렬히 웨일러스를 맞이했다. 밥은 조용히 눈을 감더니 첫 곡을 노래하기 시작했다.

우리는 왜 이 나라를 자유롭게 다닐 수 없는 걸까.
우리는 왜 원하는 것이 될 수 없는 걸까.
우리는 자유를 원해.

관객들은 밥의 목소리에 하나둘씩 빠져들었다. 밥의 노래가 울려 퍼지는 극장 안에는 피 흘리는 폭력도 없었고 불안감도 없었다. 밥의 목소리는 자유 그 자체였다. 노래가 끝나자 사람들은 큰 박수와 환호를 보냈다. 이 곡은 당시 자메이카의 시대상을 담고 있어서 더욱 그랬다.

공연이 모두 끝났을 때였다. 누군가 밥에게 다가와 손을 불

쑥 내밀었다.

"반갑습니다. 전 마빈 게이 씨의 로드 매니저[14]인 돈 테일러 예요."

돈 테일러는 선원들의 심부름꾼으로 일하다가 미국으로 건너가 로드 매니저가 된 자메이카인이었다.

"전 미국의 웬만한 가수들은 다 알아요. 물론 음반 제작자들도요."

밥은 묵묵히 돈 테일러의 말을 듣고 있었다.

"제 인맥이면 충분해요. 충분하다고요!"

"뭐가 충분하다는 거예요?"

밥은 흥분한 돈 테일러에게 물었다.

"당신이 대스타가 되는 거요! 전 당장 오늘부터 당신의 매니저가 될 수 있어요."

밥은 생각해 보겠다고 답했다. 하지만 밥에게 돈 테일러 같은 능력 있는 매니저는 꼭 필요했다. 이것은 밥의 음악을 널리 알릴 수 있는 기회였다. 그리고 라스타로서의 밥의 생각을 전

----

14) **로드 매니저**(road manager) 연예인의 지방 공연 일정을 관리해 주는 사람을 뜻합니다. 운전이나 경호 등의 일을 맡기도 합니다.

할 수 있는 기회이기도 했다.

☆

돈 테일러를 만난 건 행운이었다. 하지만 1975년 웨일러스
는 공식적으로 해체되었다. 이제 웨일러스는 '밥 말리 앤 더
웨일러스'라는 이름이 더 잘 어울리게 되었다.

버니와 피터는 연습실에 모습을 드러냈지만 이제는 손님
에 가까웠다. 둘은 연습 상황을 지켜본 후 집으로 발걸음을
돌렸다.

"버니, 기분이 어때?"

"음……, 시원섭섭하지 뭐. 넌?"

"크리스 블랙웰에게 당한 걸 생각하면 아주 후련하다."

피터는 크리스 블랙웰이 부당한 대우를 한 것에 화가 나 있
었다. 특히 웨일러스 내에서 자신의 역할이 점점 줄어드는 것
에 불만이 많았다.

"너도 앨범 준비 따로 하는 거지?"

피터가 버니에게 물었다.

"응, 거친 웨일러스의 곡들은 사실 내 취향은 아니었지."

버니는 부드럽고 조용한 발라드 곡을 만들고 싶어했다. 이런 생각이 커질수록 버니는 강하고 거친 웨일러스의 음악은 자신과 맞지 않는다는 판단을 내렸다. 그래서 버니는 다른 레코드사와 발라드 앨범을 준비하고 있었다.

"이제 같은 무대에 서진 않겠지만 여전히 우리는 함께 하는 거야."

버니의 말에 피터는 무슨 의미냐는 표정을 지었다.

"우린 노래를 통해 같은 것을 전할 테니까. 그건 바로 라스타파리!"

피터는 고개를 끄덕였다. 이후 피터는 피터만의 강한 음악을 앨범에 담아 발표했고, 버니는 차분한 발라드를 담은 앨범을 만들었다.

새롭게 멤버가 구성된 웨일러스도 새 앨범을 발표했다. 이 앨범에는 〈깨어나, 일어나 Get Up, Stand Up〉, 〈여인이여, 울지 마세요 No Woman, No Cry〉, 〈그들은 배가 불러(하지만 우리는 배가 고파) Them Belly Full(But We Hungry)〉 등의 훌륭한 곡들이 실려 있었다. 웨일러스는 이 레게 앨범이 고통 받는 많은 사람들에게 위로가 되기를 바랐다. 자메이카 사람들뿐 아니라 유럽과 북아메리카의 사람들도 이들의 음악에 박수를 보냈다.

웨일러스는 자메이카의 라디오 방송을 통해서도 곡들을 알릴 수 있게 되었다. 유난히 보수적이었던 라디오 방송은 레게 음악인들에게도 문을 열기 시작했다. 자메이카의 음악을 소개하는 프로그램을 만든 것이었다. 밥은 이 프로그램을 맡아 웨일러스의 곡과 자신이 좋아하는 가수의 곡을 들려줄 수 있었다. 또한 밥은 방송을 통해 성경 구절과 라스타의 믿음을 전하기 위해 애썼다.

"밥, 뭘 그리 많은 얘기를 한 거야? 곡은 몇 개 나가지도 못했다고."

라디오 방송 연출자가 밥에게 말했다.

"어린이들도 이 방송을 많이 들어서……."

"아니, 어린이들이 듣는 거랑 말을 많이 한 거랑 무슨 상관이야?"

연출자는 고개를 절레절레 흔들었다.

"난 그냥 레게 음악만 들려주고 싶지 않았어. 이 프로그램은 교육적이어야 해. 15분 동안이지만 어떤 내용이 담겨 있어야 한다고."

밥은 얼마 전 신문에서 본 빈민가 아이들의 기사를 떠올렸다. 밥이 어릴 적 엄마의 손을 잡고 처음 발을 디딘 트렌치타운, 그리고 독수리와 사람들이 음식을 차지하기 위해 싸우던 쓰레기장. 아직도 트렌치타운이나 다른 빈민가의 아이들은 쓰레기장을 뒤지며 먹을 것을 찾고 있었다. 한 신문에서는 그런 아이들의 실상을 몇 회에 걸쳐 자세히 보도했다. 그 신문을 보며 밥은 손끝이 파르르 떨리는 것을 느꼈다.

거리에서 노는 아이들
깨진 병과 쌓인 쓰레기 앞에서
또 한 명의 아이는 먹을 것을 얻지 못했어.
빈민가에서는 괴로움이 곧 달콤함이네.

밥은 신문을 보고 난 후 〈게토[15]의 아이들 Children of Ghetto〉이라는 곡을 만들었다. 밥은 이 곡을 라디오 방송에서 직접 기타를 치며 불렀다. 곡이 다 끝난 후 밥은 마이크에 가까이 대고 말했다.

"저에게는 몇 명의 아이들이 있습니다. 나중에 그 아이들에게 이 노래를 녹음하게 할 거예요. 전 빈민가에서 자랐고 제 아이들도 그 사실을 알게 되겠지요."

밥의 관심은 어린아이들에게만 쏠려 있는 것이 아니었다. 밥을 따르고 존경하는 청소년도 많았다. 밥의 영향으로 라스타가 된 소년들도 있었지만 대부분은 빈민가 출신의 불량한 소년들이었다. 각종 범죄로 얼룩져 있던 이들을 돕기 위해 밥은 이리저리 바쁘게 뛰어다녔다.

"이번엔 자네가 감옥에 다녀와야겠어. 그 녀석의 형이 길어지지 않게 수고 좀 해 줘."

밥은 자신의 변호사에게 단단히 부탁했다. 이렇게 밥은 잘못을 저지른 소년들이 다시 일상으로 복귀할 수 있도록 노력했다.

"밥, 어린 소년들이지만 죄를 지었잖아요. 너무 쉽게 도움을 주는 것도 옳지 않아요."

----

15) **게토**(ghetto) 흑인 또는 소수 민족이 사는 빈민가를 뜻합니다.

"리타, 저기 날아가는 새를 봐. 죄를 지은 아이들도 저렇게 자유로워야 해."

밥은 리타의 손을 꼭 잡았다.

☆

웨일러스는 앨범 홍보를 위해 다시 북미와 영국 순회공연에 들어갔다. 웨일러스 멤버뿐 아니라 많은 사람들이 함께 비행기에 탔다.

밥은 비행기 창밖을 내다보며 예전 순회공연을 떠올렸다. 많은 장비를 직접 들고 다니며 입에 맞지 않는 음식으로 고생했던 일이 생생하게 그려졌다. 하지만 이번엔 상황이 완전히 달랐다. 조명을 담당하는 예술 감독도 있었고 장비를 담당하는 사람도 있었다. 게다가 자메이카의 건강식을 매일 만들어 줄 요리사도 따로 고용했고 매니저도 있었다. 밥은 식사를 거의 하지 못하면서 공연을 한 버니 생각에 가슴이 무거워졌다.

웨일러스는 각종 언론의 관심을 받으며 공연을 펼쳤다. 미국의 각 도시와 캐나다 그리고 영국까지 웨일러스는 가는 곳마다 매진을 기록했다. 뉴욕에서 열린 한 뮤직 페스티벌에서는 1만 명이 넘는 관중이 웨일러스의 공연에 환호했다. 그리고 웨일러스의 팬인 프로듀서 덕분에 미국 공중파 텔레비전 방송에 출연하기도 했다.

미국의 한 언론은 웨일러스의 공연을 "빈틈없이 완벽하며 열정과 암흑의 힘이 느껴진다"라고 평했다. 그리고 영국의 각 잡지는 표지나 특집 기사에 웨일러스를 실으면서 이들의 공연에 대한 기대감을 드러냈다. 영국의 한 공연에서는 모든 관중들이 〈여인이여, 울지 마세요〉를 합창하는 광경이 연출됐다.

"오, 이 공연은 라이브 앨범을 만들어야겠어."

공연을 지켜보던 크리스 블랙웰이 말했다. 결국 크리스 블랙웰은 11월, 이 공연의 라이브 앨범을 발매했다. 이 앨범에는 꿈틀거리며 용솟음치는 레게의 향연이 고스란히 담겨 있었다. 곡 하나하나에 담긴 자메이카의 현실과 밥보다 더 크게 노래를 따라하는 관중들. 이 감동을 많은 팬들이 앨범을 통해 느낄 수 있게 된 것이었다.

웨일러스는 다음 해인 1976년 「롤링 스톤」[16]지가 뽑은 '올해의 밴드' 가 되었다.

자메이카 사회는 여전히 정치적인 충돌과 갈등이 많았다. 이런 자메이카 사회의 혼란과 밥 말리를 취재하기 위해 많은 외국 기자들이 킹스턴에 몰려들었다. 밥은 자신의 믿음과 음악을 널리 알릴 수 있는 좋은 기회라고 생각했다. 그래서 모든 질문에 성실하게 대답하려고 노력했다.

한 기자가 밥에게 마이크를 내밀었다.

"밥 말리 씨! 자메이카의 혼란 속에서 두려움을 느끼지는 않습니까? 경찰들의 폭력 등에 말이에요."

"전혀 두렵지 않습니다. 그들을 피할 수 있으면 피하면 되지요. 돌아서 갈 수 있는 길은 항상 있으니까요."

"저도 질문 있습니다. 〈그들은 배가 불러〉란 곡에 담긴 의미는 무엇입니까?"

"음식이 배는 부르게 해 줄 수 있지요. 하지만 우리의 삶에는 배를 채우는 것보다 중요한 게 많습니다. 우리는 배가 불러도 '사랑'에는 항상 배고파합니다."

한 백인 기자가 밥에게 가까이 다가왔다.

---

16) **롤링 스톤**(Rolling Stone) 1967년 미국에서 만들어진 대중음악 분야의 잡지입니다.

"당신의 음악은 백인에 반대하는 것입니까?"

"아닙니다."

밥은 이를 꽉 깨물고 단호하게 대답했다.

"당신이 잘못 안 것입니다. 저는 음악을 통해 올바른 것을 추구합니다. 흑인과 백인은 싸워서는 안 됩니다. 모든 백인이 흑인들을 향해 마음과 귀를 열어야 합니다."

밥은 다섯 번째 앨범에 〈전쟁 War〉이라는 곡을 실었다. 노예로 살아가는 아프리카 사람들의 고통에 대한 셀라시에의 연설문이 인용된 곡이었다. 아프리카의 노예 제도가 없어지는 날까지는 모든 곳이 전쟁터라는 내용이었다.

기자들은 밥의 주위를 계속 에워쌌다.

"언제 자신의 인기를 실감하십니까?"

"전 아주 평범한 사람입니다. 제가 인기인이라거나 연예인이라거나, 그렇게 생각한 적은 한 번도 없습니다. 하지만 제가 무엇을 하고 있고, 무엇을 원하고, 앞으로 어디로 가야 하는지는 잘 알고 있습니다."

웨일러스의 공연은 유럽까지 이어졌다. 독일에 이어 프랑스 파리에서도 웨일러스의 공연은 많은 박수를 받았다. 이제 밥은 통역사를 두고 프랑스 기자와 인터뷰를 하게 되었다.

"밥 말리 씨, 당신의 고국17)은 어디인가요?"

"고국이요? 제 고국은 항상 머릿속에 담겨 있습니다. 사실, 전 자메이카를 완전히 떠나서 살아 본 적이 없습니다. 앞으로도 그곳에 계속 있을 거예요."

---

17) **고국** 주로 남의 나라에 있는 사람이 자신의 조상 때부터 살던 나라를 이르는 말입니다.

9. 자메이카에 웃음을

"자메이카는 정말 멋진 나라입니다. 저는 자메이카를 사랑합니다.
하지만 진정한 우리만의 나라를 만들기 위해서는
어떤 움직임이 꼭 필요한 때입니다."

밥의 영원한 고국인 자메이카의 혼란은 더욱 심해졌다. 정치 세력 간의 충돌은 여전히 지독했다. 게다가 먹을거리의 공급이 줄어들어서 일반 사람들까지 무섭게 생존 경쟁을 했다. 뛰어난 인재들은 자메이카를 하나둘씩 떠나기 시작했다.

밥은 혼란스러운 자메이카를 위해 새로운 공연을 기획하기 시작했다.

"스티비 원더[18]와 킹스턴에서 함께 했던 공연 어땠어?"

밥은 멤버들에게 물었다.

"많은 사람들이 함께 했고, 무엇보다 시각 장애인들을 위해 기부금을 내서 뿌듯했지."

"시각 장애인에 대해 다시 생각하게 되었어. 많은 걸 느꼈지."

밥은 고개를 끄덕이며 맞장구를 쳤다.

"그래, 우린 그 공연을 통해 시각 장애인들에게 조금이나마 힘을 실어 주었어."

웨일러스 멤버들은 밥의 다음 말을 기다렸다.

"이제는 우리가 숨 쉬는 이 나라에 힘을 실어 줄 차례야."

밥은 자메이카에 감사하는 마음을 표현하고 싶었다. 그래서 '자메이카에 웃음을' 이라는 무료 공연을 기획했다. 밥은 정부와의 만남을 위해 애썼고 버니와 피터에게도 출연을 부탁했다. 공연 날짜는 1976년 12월 5일로 결정되었다.

며칠 뒤, 정부는 12월 20일에 총선거를 한다고 발표했다. 민중당 마이클 만리의 입장에서는 웨일러스의 공연 계획이 많은 힘이 되었다. 밥이 예전에 마이클 만리의 선거 운동을 적극

---

18) **스티비 원더**(Stevie Wonder) 미국의 가수이자 음반 제작자, 사회 활동가입니다. 어릴 때부터 시각 장애인이었으나 여러 악기를 능숙하게 다루었고 많은 히트곡을 가지고 있습니다.

적으로 도와주었기 때문이었다. 마이클 만리는 웨일러스의 공연이 선거 결과에 큰 영향을 미칠 거라 기대했다.

하지만 밥의 생각은 달랐다.

"밥, 민중당원인 친구에게 들은 얘긴데, 우리 공연에 기대하는 게 큰가 봐. 굴러들어 온 행운이라고……."

"흠, 우리의 진심이 담긴 공연을 이용하려 하다니."

밥은 이기적인 태도를 보이는 현재 정부에 실망했다. 하지만 밥은 기타 연주자의 어깨를 치며 밝은 표정을 지었다.

"그렇지만 우리의 공연 목적은 뚜렷하잖아. 우리의 메시지만 제대로 전달하면 돼, 그렇지?"

기타 연주자는 미소를 지었다.

"그런데 손에 쥐고 있는 건 뭐야?"

"아, 이거……."

밥은 꾸깃꾸깃한 종이쪽지를 건네받았다. 그 종이에는 '당장 공연 준비를 멈추어라. 그렇지 않으면 목숨이 위험할 것이다'라고 적혀 있었다.

"너무 신경 쓰지 마. 분명 노동당의 짓일 거야."

밥은 종이를 다시 구겨서 쓰레기통에 던져 넣었다.

'자메이카에 웃음을' 공연 이틀 전이었다. 아침부터 전화벨이 요란하게 울렸다.

"다시 경고하겠다. 당장 공연을 취소해라. 그렇지 않으면······."

밥은 수화기를 내려놓았다. 리타는 걱정스런 표정으로 밥을 바라보았다.

"밥, 밤새도록 생각해 봤는데 공연을 하지 않는 게 좋을 것 같아."

"왜 그렇게 생각해?"

"뭔가 불길해. 선거 전이라 위험한 부분도 많고."

"리타, 너무 염려 마. 아무 문제 없이 공연을 잘 마칠 거야."

웨일러스의 공연 연습은 저녁 때 시작되었다. 웨일러스의 매니저인 돈 테일러는 크리스 블랙웰을 만나기 위해 연습실에 왔다. 마침 쉬는 시간이었고 돈 테일러는 부엌으로 가서 과일을 먹고 있는 밥과 만났다. 그때였다.

"탕!"

갑자기 바깥에서 총소리가 들렸다. 부엌의 유리가 조각조각 부서져 바닥에 흩어졌다. 밥과 돈 테일러는 바닥에 납작하게 엎드렸다.

"이게 무슨 일이야?"

"쉿!"

밥은 바닥에 엎드려 눈으로 리타를 찾았다. 리타는 옆방에 아이와 함께 있었다. 밥은 리타에게 피하라고 말하고 싶었지만, 어디서 총알이 날아올지 알 수 없었다. 잠시 무서운 침묵이 흘렀다.

리타 역시 부엌에 있는 밥이 무사한지 궁금했다. 하지만 쉽게 발이 떨어지지 않았다. 리타는 아이를 진정시키고 문밖을 살피기 시작했다.

"엄마, 아빤 어딨어? 어디로 가는 거야?"

"응, 아빠한테 가자. 괜찮아, 우리 아가."

리타는 아이를 감싸고 조심스럽게 뒷문으로 빠져나가려고 했다. 그때 뒷문 밖에 숨어 있던 괴한이 리타에게 총을 쏘았다. 리타는 그 자리에서 쓰러졌다.

"밥, 괜찮은 거야?"

가슴에 붕대를 동여맨 밥은 고개를 끄덕였다.

"총알이 심장을 피해 가서 천만다행이야. 리타는 좀 어때?"

"리타도 괜찮아요. 머리를 다쳤는데 생명에는 지장이 없대요."

크리스 블랙웰은 깊은 한숨을 내쉬었다.

"돈 테일러의 수술만 잘 끝나면 되겠군. 정말 다행이야, 다들."

밥은 응급실 의자에서 일어섰다. 치료를 받긴 했지만 가슴의 통증이 심하게 느껴졌다. 밥이 리타의 병실로 발걸음을 옮기려고 할 때였다. 복도 끝에서 여러 명의 발소리가 들려왔다.

마이클 만리였다. 그는 몇 명의 사람들을 데리고 밥을 향해 걸어왔다. 밥은 고개를 숙인 채 마이클 만리를 맞이했다. 마이클 만리는 밥을 조용한 장소로 데려갔다. 밖에는 여러 명의 군인들이 병원을 둘러싸고 있었다.

"밥, 마음고생이 심하다는 건 잘 아네. 하지만 예정대로 공연은 진행해 주게."

마이클 만리의 말에 밥은 어떤 대답도 할 수 없었다. 머릿속이 혼란스러울 따름이었다.

몇 시간 후, 밥은 킹스턴의 깊은 산속에 있는 저택으로 갔다. 크리스 블랙웰이 휴식을 취하라고 급하게 마련한 곳이었다. 그곳 주변은 수십 명의 경찰이 둘러싸고 있었다.

밥은 창문 밖을 바라보며 생각에 잠겼다. 리타는 병실에 있었고 웨일러스 멤버들은 뿔뿔이 흩어져 있는 상태였다. 당장 모레가 공연 날이었지만 꼭 공연을 해야 하는지 결정을 내릴 수가 없었다.

'누구였을까? 그들은 왜 우리에게 총을 쏠 수밖에 없었을까.'

밥은 바들바들 떨며 총을 쏘아 대던 괴한 한 명을 떠올렸다. 얼굴과 차림새로 봐서 어린 소년이 분명했다. 그의 불안해 보이던 눈빛이 자꾸 떠올랐다. 그 눈빛이 생각날수록 밥도 계속 불안해졌다. 공연 전날까지도 밥과 주변 사람들은 공연을 해야 할지 결정을 내리지 못했다.

공연 날 아침이 밝았다.

"돈 테일러의 수술이 무사히 끝났대. 다행히 생명은 건졌다더군."

크리스 블랙웰이 말했다. 밥은 안도의 한숨을 내쉬었다.

"범인들 소식은 없나요?"

"응, 범인들 차는 발견됐다는데 잡히진 않은 듯해."

"다른 멤버들은요?"

"경찰이 찾고 있어. 워낙 다들 꼭꼭 숨어 있어서 말이지."

밥은 고개를 끄덕였다. 크리스 블랙웰이 밥에게 워키토키[19]를 내밀었다.

"공연장에 가 보고 올 테니 연락할 일 있으면 이걸 사용하게."

밥은 이미 공연장에 나가 있는 조명팀 중 한 사람에게 연락을 했다. 그는 들뜬 목소리로 밥에게 공연장의 분위기를 전했다. 공연 시작 시간이 많이 남았지만 이미 공연장에는 5만 명이 넘는 사람이 모여 있다는 소식이었다. 많은 자메이카 사람들에게 '자메이카에 웃음을' 공연은 뜻깊은 행사였다.

"이 소리 들리세요? 여긴 벌써부터 열광적이에요!"

밥은 워키토키에 귀를 가까이 대었다. 지지직거리는 잡음이 심했지만 사람들이 환호하는 소리가 생생하게 들렸다. 붕대에 감긴 가슴 속 심장이 빠르게 뛰기 시작했다.

그때 리타가 조용히 밥에게 다가왔다. 리타는 아직 환자복

---

19) **워키토키**(walkie-talkie) 손에 들고 다니는 작은 무선 송수신기입니다. 경찰들이 많이 사용하고 건설 현장에서나 등산을 할 때도 씁니다.

을 입고 있었고 머리에 붕대를 감고 있었다.

"밥, 민중당의 내무부 장관이 이 근처에 와 있대요. 크리스 블랙웰이 나가면서 일러 주더군요. 곧 방문할 거라는데……."

"공연을 해야겠어. 많은 사람들의 기대를 저버릴 순 없어."

밥의 말에 리타는 화들짝 놀랐다.

"안 돼요, 밥! 당신에게 더 큰 일이 일어나면 안 돼요. 전 더 이상 견딜 수가 없어요. 제발……."

리타는 눈물을 흘리며 애원했다. 밥은 리타를 보며 마음이 많이 흔들렸다. 하지만 이대로 주저앉을 수는 없었다.

"리타, 내무부 장관이 날 붙들기 전에 공연장으로 가야겠어. 당신은 날 이해해 줄 거라 믿어."

결국 밥은 차에 올라탔고 옆자리에는 경찰청장이 탔다. 경찰청장은 차에 타자마자 총을 조립해 옆구리에 찼다.

공연장으로 가던 중이었다. 꽤 많은 사람들이 거리에 모여 있었다. 차는 잠시 멈췄다. 밥은 그들을 유심히 살펴보았다.

"아, 노동당의 선거 운동 집회군요."

경찰청장이 말했다. 순간 밥은 가슴이 무너져 내리는 것 같았다. 더구나 그 사람들 중 몇 명이 밥이 타고 있는 차 쪽으로 다가왔다. 밥은 고개를 숙이고 외면했다. 그 사람들은 차창 쪽으로 붙어서 차 안에 누가 있는지 살피기 시작했다. 한 사람이 밥을 가리키며 뭐라고 말하려는 순간 차가 앞으로 나가기 시작했다. 밥은 또 한 번 진땀을 흘려야 했다.

공연장에는 어느덧 8만 명이 넘는 사람들이 모여 있었다. 밥이 탄 차를 발견한 사회자가 큰 소리로 외쳤다.

"여러분! 밥 말리가 도착했습니다! 오직 여러분을 위해 상처가 낫지 않은 몸을 이끌고 왔습니다!"

공연장은 큰 함성으로 가득 찼다. 모든 사람들이 두 손을 들며 밥을 환영했다. 밥은 미리 와 있던 연주자들을 확인했다. 그러고는 사람들의 함성이 가라앉기를 기다렸다.

"제가 이 공연을 생각한 이유는 딱 하나입니다. 정치적인 이유는 절대 아닙니다. 모든 사람들이 서로 사랑했으면 좋겠습니다."

말을 마치고 밥은 리타를 바라보았다. 리타를 바라보는 밥의 눈빛에는 감사와 사랑의 마음이 담겨 있었다. 코러스를 담당하고 있는 리타는 밥의 진심에 위험을 무릅쓰고 무대 위에 올라와 있었다. 리타는 머리에 감은 붕대 위에 두건을 두르고 있었다.

그 두건에는 에티오피아의 국기 무늬가 새겨져 있었다.

밥은 다른 공연보다 더 열정적으로 노래를 불렀다. 관객들은 큰 부상에도 투혼을 다하는 밥과 리타의 모습에 감동을 받았다. 공연의 막바지에는 옆 사람과 어깨동무를 하며 춤추고 노래하는 진풍경이 펼쳐졌다. 무대 위에서 노래하는 웨일러스와 공연을 즐기는 관객들에게 더 이상의 아픔은 없는 것처럼 보였다.

며칠 후 총선거에서 자메이카 국민들은 다시 마이클 만리를 선택했다. 마이클 만리는 승리의 기쁨이 가득한 미소를 지었다. 하지만 이 선거 때문에 목숨을 잃은 사람이 2백 명이 넘었다.

공연 후, 밥은 충분한 휴식을 취했다. 밥과 리타의 상처도 많이 아물었고 정신적인 충격도 조금씩 사라져 갔다. 밥은 기운을 내서 다시 곡을 만드는 데 열중했다. 밥의 새 앨범 작업은 영국 런던에서 진행되었다.

밥은 특히 흑인과 백인을 가르지 않고 불량한 청년들이 다같이 공감할 수 있는 가사를 쓰는 데 신경을 썼다. 그리고 라스타들이 강조하는 협력이나 진실된 사랑에 관한 곡들을 많이 만들었다.

밥이 곡 작업에 몰두할 때도 기자들은 그를 가만두지 않았다. 기자들은 총격 사건에 대해 끈질기게 인터뷰를 요청했다. 밥은 자신의 입에서 무슨 말이 나올지 귀를 세우고 있는 기자들을 가만히 바라보았다.

"총격 사건이 왜 일어났냐고요? 질투 때문이었을 겁니다. 이제 질투는 하나의 병이 되었습니다. 이런 진실을 정확히 알아야 합니다."

대답을 마치고 밥은 이마를 짚었다. 그의 손가락에서 네모난 반지가 반짝거렸다. 이 반지에는 앞발을 들고 있는 사자가 새겨져 있었다. 때마침 한 기자가 밥의 반지에 대한 질문을 했다.

"얼마 전 런던에서 셀라시에 왕의 손자를 만났습니다. 그분은 웨일러스의 음악을 알고 계셨고, 저에게 이 반지를 주셨습니다. 이 반지는 셀라시에 왕의 것이었지요."

밥은 조심스럽게 반지를 매만졌다. 셀라시에 왕은 몇 년 전 세상을 떠났지만 밥의 믿음은 흔들리지 않았다. 이 반지는 평생 그의 손가락에서 빠지지 않았다.

☆

웨일러스의 새 앨범 《대탈주 Exodus》는 미국과 영국에서 좋은 반응을 얻었다. 몇 곡은 인기 순위가 빠르게 올라가기 시작했다. 바로 웨일러스의 유럽 공연이 계획되었고 프랑스에서 홍보 공연이 시작되었다.

"밥, 이번 공연만 잘 되면 최초로 인기 순위 1위가 될 수 있다고!"

크리스 블랙웰이 박수를 치며 말했다.

하지만 밥에게 걱정거리가 생겼다. 며칠 전 축구를 할 때 다친 발이 계속 낫지 않는 것이었다. 통증을 참고 공연을 하던 밥은 병원에 가 봐야겠다고 생각했다.

"음……, 발톱이 완전히 빠졌군요. 당분간 발은 쓰시지 않는 게 좋습니다."

프랑스 의사는 이런 진단을 내렸다. 밥은 이를 꽉 깨물었다.

프랑스 공연을 시작으로 웨일러스에게는 영국 공연도 잡혀 있었다. 밥은 두 손을 모으고 많은 공연을 성공적으로 마칠 수 있기를 기도했다.

프랑스와 영국의 공연은 대성공이었다. 밥은 붕대를 감고 두꺼운 양말을 신은 후 무대에 올랐다. 무대에 오르면 발의 통증은 전혀 느껴지지 않았다. 하지만 밥은 무대에서 내려올 때 심하게 절뚝거렸다.

웨일러스의 새 앨범은 영국과 독일에서 인기 순위 1위에 올랐다. 이제 미국 순회공연 차례였다. 미국에서도 공연을 잘 마친다면 인기 순위 1위는 문제없어 보였다.

하지만 밥의 발은 점점 상태가 안 좋아졌다. 통증이 너무 심해서 걸을 수도 없을 정도였다. 밥은 영국의 유명한 발 전문의를 찾아갔다.

"네? 암세포가 있다고요? 제가 암에 걸렸다는 건가요?"

의사는 말없이 고개를 끄덕였다.

"그럼 앞으로 어떻게 하면 되나요?"

"암세포가 번지는 걸 막으려면 발가락을 잘라 내야 합니다."

밥은 의사의 말에 정신이 멍해졌다.

"다른……, 다른 방법은 없나요?"

"발가락을 자르지 않으면 6개월 넘게 다리를 못 쓰게 됩니다. 대신 발가락을 자르면 한 달 이내에 낫게 되지요."

밥은 다시 혼란 속에 빠졌다. 그러면서 자신의 건강에 대해 진지하게 생각했다. 곡을 만들고 무대에 서서 노래하는 건 큰 기쁨이었다. 하지만 빡빡한 공연 일정은 밥의 건강을 빼앗아 갔다. 밥은 그제서야 자신이 너무 건강을 챙기지 않았음을 깨달았다.

"밥, 어떻게 해서든 미국 공연을 해야 돼. 자네는 진정한 가수잖아. 그러니까⋯⋯."

"됐습니다. 더 이상 듣고 싶지 않네요."

밥은 음반 회사의 입장에 화가 났다. 회사 관계자들은 밥을 한 인간으로 대우하지 않았다. 그들은 밥이 발가락을 자르고 얼른 회복해서 미국 공연에 지장이 없기만을 바랐다. 밥은 음반 회사의 잔인한 태도에 부르르 떨렸다.

'안 돼. 더 이상 이렇게 당할 수는 없어.'

결국 밥은 웨일러스의 미국 공연을 뒤로 미루고 발가락 수술을 했다. 밥에게 발견된 암세포는 아주 무서운 세포였다. 하지만 의사는 발톱과 주변의 죽은 세포들을 최대한 제거했다. 수술은 무사히 끝났다.

밥은 미국에서 가족들, 동료들과 함께 긴 휴식을 취했다.

그러면서도 밥은 끊임없이 곡을 만들고 가사를 썼다. 주변 사람들의 정성으로 밥은 빠른 속도로 회복할 수 있었다.

미국 공연이 미루어졌지만 다행히 웨일러스의 새 앨범은 반응이 좋았다. 흑인들을 대상으로 하는 라디오 프로그램에서도 꽤 많이 방송되었다. 밥의 수술 소식을 들은 팬들은 더욱 간절하게 웨일러스의 공연을 손꼽아 기다렸다. 언론에서도 계속 밥과 웨일러스의 기사를 싣기에 바빴다.

하지만 모든 사람들과 언론이 밥을 좋아한 것만은 아니었다. 특히 총격 사건 이후 자메이카에서는 밥의 인기가 식기 시작했다. 총격 사건을 두고 여러 소문이 생기면서 밥을 비판하는 사람들도 많아졌다.

또한 몇몇 기자들은 "밥 말리가 웅얼거리며 내뱉는 말에는 건질 게 하나도 없다", "밥 말리가 하는 말은 라스타파리교에 대한 황당한 믿음에 근거한 것이다", "밥 말리의 생각은 전혀 공감할 수 없다" 등의 기사를 썼다. 밥은 그런 기사가 많아질수록 더욱 굳건히 곡 작업에 몰두했다.

10. 맞잡은 두 손

"조금씩 발전하는 음악을 했다는 사실이 자랑스럽습니다.
이 사실은 우리가 그만큼 노력을 했고
하고자 하는 것이 무엇인지 알았다는 뜻이에요.
음악은 영원할 것입니다."

킹스턴에 뒤덮인 검은 연기는 말끔히 걷히지 않았다. 총선거 이후 두 정당의 충돌은 더욱 심해졌고 거리마다 폭력이 그치지 않았다. 작은 범죄부터 살인 사건까지 계속 이어졌다.

"여보, 옆 동네 아이가 성폭행을 당했대요. 어서 이곳을 떠나요!"

많은 여성들이 남편에게 울부짖었다. 성폭력을 당한 아이들을 도와주는 데 한계를 느낀 의사들도 하나둘씩 자메이카를 떠나기 시작했다.

마이클 만리는 범죄를 막기 위해 모든 군대를 동원했다. 많은 범죄자들이 감옥으로 보내졌다. 이 범죄자들 중 밥의 어릴 적 친구도 두 명 있었다. 두 친구는 밥과 함께 트렌치타운의 뒷골목에서 자랐지만 지금은 대립하는 두 정당에 속해 있었다. 둘은 우연히도 같은 방에 갇히게 되었다.

노동당을 지지하는 세력 중 우두머리였던 마솝과 민중당을 지지하는 단원이었던 마샬은 등을 돌리고 앉았다. 하지만 시간이 지나면서 이들은 밥에 대한 대화를 나누었고, 묘한 동질감을 느끼게 되었다.

"솔직히 얘기해 봐. 어떻게 하면 이 혼란을 막을 수 있을까?"

"이건 어때? 양 정당이 휴전에 동의하고, 평화 협상을 하는 거. 그 자리에 밥이 평화 공연을 여는 거야!"

"문제는 밥이 이곳에 오느냐지."

"노동당의 위협에서 밥을 어떻게 보호해 줄 건가? 밥은 다시는 이곳에 오지 않으려 할 거야."

마솝과 마샬은 우선 밥에게 이 계획을 알리기로 했다. 다른 사람을 통해 이들의 의견을 전해 들은 밥은 단호하게 말했다.

"우리 가족에 대한 안전을 보장하기 전까지는 절대 자메이카로 돌아갈 수 없습니다."

"그렇다면 마솝을 이곳에 오라고 하겠습니다. 어떠신가요?"

"오, 그것도 반대합니다. 누구도 우리 가족 근처에 안 왔으면
좋겠어요. 대신 2월에 영국 런던에서 따로 마솝을 만나지요."

1978년 2월, 밥은 런던의 약속 장소로 향했다. 미리 와 있던
마솝이 밥을 발견하고는 손을 내밀었다.

"자넨 변한 게 없군. 이게 얼마만인가."

밥은 마솝의 손을 잠깐 잡았다가 놓았다.

"먼저 묻고 싶은 게 있네. 총격 사건을 일으킨 게 노동당 쪽
사람이었나?"

마솝은 밥의 말에 잠시 심각한 표정을 지었다. 그러나 마솝
은 곧 사실을 털어놓았다.

"맞네. 정치적인 음모였지. 노동당의 행동대원들이 저지른
일이야."

밥은 마솝의 얼굴을 바라보지도 않고 자리에서 일어서려 했
다. 마솝은 밥의 팔을 붙잡으며 계속 말했다.

"밥, 이제 다 지나간 일이야. 하지만 중요한 건 자네가 자메

이카로 돌아와야 한다는 거야. 힘없이 쓰러져 가는 청년들을 살리려면 자네가 필요해."

밥은 마숍을 바라보았다. 마숍은 그제서야 붙잡고 있던 밥의 팔을 놓아주었다.

"며칠 후에 민중당의 토니가 이곳으로 올 거야. 우리 셋이 킹스턴의 평화를 위해 머리를 맞대 보자고."

밥과 마숍, 그리고 토니는 일주일 동안 협상을 진행했다. 자메이카의 화해와 단합을 위해 밥은 그들의 말에 귀를 열었다.

4월 22일, 밥은 '사랑과 평화의 공연'을 열기로 결정했다.

'사랑과 평화의 공연'이 열린 날은 토요일이었다. 공연장은 이른 시간부터 많은 사람들로 북적였다. 공연장의 제일 앞자리에는 수상인 마이클 만리와 노동당 지도자인 시가가 앉아 있었다. 그리고 정치계의 여러 의원들이 자리 잡고 있었다. 공연장 주변은 수백 명의 경찰들이 에워싸고 있었다.

자메이카의 신인 음악인들의 무대로 공연이 시작되었다. 이들은 열정적인 무대로 공연 초반부터 관객들을 들썩이게 만들었다. 신인 가수들의 무대가 끝나고 간만에 모습을 보인 피터가 무대 위에 올라섰다. 피터는 관객석을 찬찬히 둘러보았다. 제일 앞자리에 앉은 두 지도자가 눈에 띄었다. 피터는 두 지도자를 손가락으로 가리키며 입을 열었다.

"우리는 이 혼란스러운 나라를 바로 세워야 합니다. 흑인들은 너무 힘들게 하루하루를 살고 있습니다. 이런 혼란은 정치인들이 만들었지요. 하지만 그 속에서 허덕이는 건 우리들입니다."

피터의 용기 있는 말에 정치인들은 술렁이기 시작했다. 그들의 표정은 불편한 심정을 그대로 반영하고 있었다. 하지만 피터는 계속 말을 이었다.

"지금 여러분의 주변을 둘러보세요. 킹스턴의 경찰들이 다 와 있는 것 같네요. 저들은 공연장 밖에서는 가난한 이들을 짐승처럼 다루는 데 말입니다."

이번에는 앞자리의 경찰청장의 얼굴이 일그러졌다. 하지만 일반 관객들은 자리에서 일어나 피터에게 박수를 보냈다. 피터는 인상적인 곡들로 이들의 박수에 보답을 했다.

드디어 웨일러스의 차례였다. 관객들은 공연장이 떠나갈 듯한 박수와 함성을 보냈다. 〈트렌치타운 록〉으로 시작된 웨일러스의 무대는 처음부터 열정적이었다. 밥은 긴 머리카락을 휘날리며 무대 전체를 휘저었다. 때로는 울부짖는 사자처럼, 때로는 기도하는 사람처럼 밥은 자유자재로 공연을 이끌어 갔다.

공연은 절정을 향해 가고 있었다. 〈하나의 사랑 One Love〉이라는 곡이 시작되었다. 이 곡은 마커스 가비[20]가 외쳤던 메시지가 그대로 담겨 있었다. 바로 젊은이들이 단결해야 한다는 외침이었다. 밥은 마이클 만리와 시가를 향해 외쳤다.

"저는 이 두 분이 우리와 함께 하기를 원합니다! 평화 운동을 지지한다면 지금 무대 위로 올라와 주세요!"

두 지도자는 당황한 표정을 지으며 잠시 머뭇거리다가 무대 위로 올라왔다. 마이클 만리와 시가는 밥과 나란히 수많은 관객들을 바라보았다.

밥은 마이클 만리와 시가의 가운데에 서 있었다. 밥은 둘의

---

20) **마커스 가비**(Marcus Garvey) 자메이카의 세인트앤스베이에서 태어난 흑인 지도자입니다. 최하층의 흑인들에게도 직접 다가가 말을 건넸던 그는 모든 흑인 사회에서 환영을 받았습니다. 만국 흑인 진보 연합이라는 조직을 만들어 활동한 마커스 가비는 킹스턴 교회에서 "아프리카에서 흑인이 왕좌에 오르게 될 것이다"라고 연설했습니다. 1940년에 런던에서 폐렴으로 사망했습니다.

손을 잡았다. 그러고는 공연장에 모인 사람들이 전부 볼 수 있도록 자신의 머리 위로 들어 올렸다. 밥의 머리 위에서 두 지도자는 손을 맞잡았다. 밥이 〈하나의 사랑〉을 부르는 동안 두 지도자는 꼼짝도 못하고 손을 잡고 있었다.

이 광경은 자메이카 사람들의 머릿속에 오랫동안 남을 역사적인 순간이었다.

☆

그해 6월, 밥은 유엔의 아프리카 대표들이 시상하는 '제삼 세계 평화 메달'을 받게 되었다. 자메이카의 화합과 평등을 위해 노력한 밥에게 5억 명의 아프리카인의 마음이 전달된 것이었다.

이 상을 받게 된 밥은 에티오피아를 여행하고 싶은 마음이 더욱 간절했졌다. 하지만 에티오피아와 소말리아와의 전쟁으로 쉽게 비자[21]를 받을 수 없었다.

---

21) 비자(visa) 개인이 다른 나라로 들어갈 때 그 나라 대사 · 공사 · 영사로부터 여권 검사를 받고 서명을 받는 일을 뜻합니다.

1978년이 끝나갈 무렵, 밥은 드디어 비자를 받게 되었다. 밥은 에티오피아의 여러 곳을 둘러보면서 자신의 정체성을 확인할 수 있었다. 이런 경험은 웨일러스의 새 앨범에 큰 영향을 주었다.

이제 밥의 관심은 자메이카에만 머무르지 않았다. 웨일러스는 미국에서 열린 아프리카인들을 위한 자선 공연에도 기꺼이 출연했다.

"우리의 형제인 밥 말리, 당신에게 감사하다는 말을 전하고 싶습니다. 감사합니다!"

사회를 맡은 흑인 사회 운동가가 외쳤다. 밥은 보답이라도 하듯 길게 말하기 시작했다. 밥이 공연 도중 이렇게 길게 말하는 것은 처음 있는 일이었다.

"우리는 자유를 원합니다. 4백 년이 넘게 이어진 노예 생활을 벗어나 고향으로 돌아가야 합니다. 아프리카는 자유를 되찾아야 합니다. 모든 사람은 자신의 운명을 스스로 결정해야 합니다. 정말 그래야 합니다. 여러분, 과거에 눈을 돌리세요. 자신의 과거를 알지 못하면 뿌리 없는 나무 신세가 되고 맙니다."

관객들은 조용히 밥의 말에 집중했다. 밥은 침을 삼키고는 계속 말을 이어갔다.

"제가 드리는 말씀은 절대 연설이 아닙니다. 저는 권리를 찾기 위해 싸울 것입니다. 억압으로 자유를 눌러서는 안 됩니다. 흑인들에게 자유를, 자유를 줄 것입니다."

밥은 말을 멈추고 이마를 짚었다. 어떤 성스러운 기운이 밥을 휘감고 있는 것 같았다.

1980년, 밥에게 뜻밖의 초대장이 날아왔다.

"4월 17일, 짐바브웨의 독립 기념식에 당신을 정중히 초대합니다."

밥은 몇 번이고 그 초대장을 읽고 또 읽었다. 웨일러스의 새 앨범에는 영국의 식민지였던 아프리카 짐바브웨의 독립을 바라는 〈짐바브웨 Zimbabwe〉란 곡이 있었다. 이 곡을 통해 짐바브웨의 독립 운동을 지지했던 밥은 독립 기념식에 참가하는 영광을 얻게 되었다.

"밥, 자메이카로 돌아가지 말아요."

아프리카의 독립을 위해 수없이 싸워 온 한 운동가가 밥에게 말했다.

"전 자메이카로 돌아가서 할 일이 많습니다."

밥의 대답에 그 운동가는 단호하게 말했다.

"그건 바보 같은 일이에요. 이곳이 당신의 고향입니다. 당신은 아프리카의 일부가 되어야 해요."

밥은 운동가의 손을 덥석 잡았다. 밥에게 그 사람의 말은 최고의 순간으로 기억되었다.

하지만 밥은 쉽게 자메이카로 돌아갈 수 없었다. 음반사 직원과 전화 통화를 하던 밥은 불행한 소식을 듣게 되었다.

"지금 킹스턴의 상황이 너무 안 좋아요. 아직도 우리가 마이클 만리를 지지한다고 생각하기 때문에 지금 돌아오면 위험에 처할 거예요. 당분간은 다른 곳에 계시는 게 안전해요."

자메이카에서는 정치 충돌과 끔찍한 일이 계속 벌어지고 있었다. 밥은 입술을 꽉 깨물 수밖에 없었다.

☆

"밥이 너무 조용해졌어. 그리고 몸이 비쩍 계속 말라가……."

주변 사람들은 밥의 변화를 눈치 채고 걱정하기 시작했다.

밥은 정기적인 검사를 받고 있었고, 밥의 암세포는 다 사라졌다고 믿고 있었다. 하지만 밥은 목과 머리의 통증을 호소했다.

밥은 결국 공원에서 운동을 하다가 쓰러지고 말았다. 병원으로 실려 간 밥은 충격적인 진단을 받게 되었다.

"뇌 속에 악성 종양이 있습니다. 남은 시간은 2주에서 3주 정도입니다."

의사는 뇌 이외에도 폐와 위에도 암세포가 있다고 덧붙였다.

밥은 넋이 나간 표정으로 의사를 바라보았다. 어떤 말도 할 수가 없었다.

"저……, 그 말이 사실입니까?"

한참 만에 밥이 어렵게 입을 열었다. 의사는 엑스레이와 뇌 스캔 사진을 내밀었다. 그 사진들에는 종양이 선명하게 찍혀 있었다.

"전……, 전 무대에 서야 해요. 피츠버그에서 공연을 해야 합니다."

의사는 안경을 치켜 올리며 밥을 쳐다보았다. 그러고는 고개를 절레절레 흔들었다.

"무리입니다. 그러다가는……."

"지금 무슨 일이 벌어지고 있는 거죠? 전 다른 의사에게도 가 봐야겠어요."

밥은 작은 목소리로 중얼거렸다.

결국 밥은 피츠버그로 향했다. 이 소식을 들은 리타는 밥이 있는 호텔로 달려갔다.

"밥! 당장 공연을 그만둬요! 어떻게 그 몸으로 여기까지 올 수가 있어요!"

밥은 리타를 멍하게 쳐다보았다.

"리타, 난 공연을 하다가 쓰러져도 상관없어. 난 공연을 꼭 해야 돼."

밥의 목소리에는 절박함이 묻어 있었다.

공연 전날, 웨일러스는 공연장에 모였다. 밥은 모두에게 모이라는 손짓을 했다. 공연을 준비하던 모든 멤버가 밥을 중심으로 동그랗게 모여 섰다.

밥은 아무 말도 하지 않고 웨일러스의 한 곡을 계속 불렀다. 부르고 또 부르고……. 그것은 밥이 멤버들에게 남긴 마지막 감사의 인사였다.

다음 날이었다. 밥은 숨을 고르며 차가운 마이크를 쥐었다. 멤버들은 불안한 눈길로 밥의 뒷모습을 살폈다. 어떤 소개도 없이 바로 공연이 시작되었다.

밥은 남아 있는 모든 것을 불살라 버릴 듯이 격렬하게 노래했다. 멤버들도 밥에게 조금의 느슨함을 주지 않았다. 웨일러스는 빠르고 빈틈없이 공연을 채워 나갔다. 껑충껑충 뛰며 무대를 활보하는 밥의 움직임은 다소 무거워 보였다. 하지만 밥은 끝까지 활기를 잃지 않고 관객의 호응을 이끌어 냈다. 그렇게 웨일러스의 마지막 공연은 성공적으로 끝났다.

"밥, 어머니가 계신 마이애미로 가요. 거기에서 당신의 병을 고칠 최고의 의사를 찾아보자고요."

리타의 얼굴은 눈물범벅이었다. 밥의 다음 공연 일정은 전부 취소되었다.

밥은 세델라가 있는 마이애미로 향했다. 그리고는 더욱 정밀한 검사를 받기 위해 뉴욕으로 다시 갔다.

"폐와 위에도 암세포가 퍼져 있습니다. 유감스럽지만 4주에서 5주 정도밖에 살 수 없겠군요……."

밥은 의사의 권유로 방사능 치료를 받았다. 얼마간은 치료의 효과가 두드러지게 나타났다. 하지만 밥은 다시 병세가 악화되었다. 허리 아래가 마비돼 혼자 걸을 수 없었다.

"전 아주 건강합니다. 그 어떤 것도 저를 죽일 수는 없습니다. 1981년에 순회공연을 꼭 다시 시작할 겁니다. 웨일러스를 기다리는 팬들에게 멋진 공연을 선사할 거예요. 지금까지 밥이었습니다."

밥은 녹음기 버튼을 눌렀다. 이 목소리는 라디오 방송을 통해 흘러나갔다. 밥은 가쁜 숨을 몰아쉬었다. 그의 손에는 한 주먹의 머리카락이 쥐어져 있었다.

새로운 총선거에서 시가가 새로운 수상으로 당선되었다. 그는 7백 명이 넘는 희생자를 내면서 승리했다. 그는 밥에게 자메이카 메리트 훈장을 수여했다.

1981년 5월 11일이었다.

밥은 그 훈장을 직접 받지 못하고 세상을 떠났다. 눈물을 흘리며 기도하는 세델라에게 "엄마, 울지 마세요. 전 괜찮아요"라는 말을 남긴 채.

☆

밥은 구불구불한 길을 한참 달려 고향으로 돌아왔다. 고향
의 언덕은 여전히 푸르렀고 염소들이 한가롭게 풀을 뜯고 있
었다.

"외할아버지, 여기가 제가 쉴 곳인가요?"

밥의 말에 외할아버지인 오메리아는 고개를 끄덕였다.

"그래, 마음에 드는 게로구나?"

"외할아버지, 제 아이들과 리타를 잘 보살펴 주세요."

"오냐, 이제 편히 쉬렴."

바람이 외할아버지의 부드러운 손길처럼 밥의 머리카락을
쓸고 지나갔다.

밥은 죽고 나서야 고향 자메이카로 돌아올 수 있었다. 그리
고 자신이 태어난 언덕, 외할아버지가 지었던 작은 집 옆에
묻혔다.

밥 말리 약력

1945년 2월 6일
자메이카 세인트앤 나인마일즈에서 영국계 자메이카인 아버지와 자메이카인 어머니 사이에서 태어났다. 본명은 로버트 네스타 말리이다.

1960~1962년
킹스턴의 빈민가에서 자란 밥 말리는 열다섯 살에 학교를 그만두었다. 어릴 적부터 음악을 좋아했던 밥 말리는 열일곱 살에 〈함부로 비난하지 마 Judge Not〉, 〈테러 Terror〉, 〈한 잔의 커피 One Cup of Coffee〉를 첫 번째 싱글 앨범으로 발표했다.

1963년
밥 말리, 버닝 리빙스턴, 피터 토시를 포함한 여섯 명의 밴드 '웨일러스'를 만들었다.

1964년
웨일링 웨일러스의 첫 번째 싱글인 〈화를 가라앉혀 Simmer Down〉를 발표했다. 그 후, 자메이카 음반 시장에서 1위를 차지했다.

1965년
여섯 명의 밴드에서 밥 말리, 버닝 리빙스턴, 피터 토시로 멤버 수가 줄었으며, 팀 이름도 '밥 말리 앤 더 웨일러스'로 바꾸었다.

1966년 2월

음악을 좋아하는 리타 앤더슨을 만나 결혼했고, 자신의 음반 회사를 만들려는 꿈을 실현하기 위해 어머니가 살고 있는 미국으로 갔다.

1966년 10월

자메이카로 돌아온 밥 말리는 리타와 함께 킹스턴에 '웨일링 소울 레코드' 회사를 차렸다.

1970년

음반 제작자 리 페리와 새롭게 일을 시작했다. 팬들이 다시 그들을 환호하기 시작했지만 정식 앨범은 발매되지 않았고 활동은 차츰 줄었다.

1971년

〈트렌치타운 록 Trenchtown Rock〉을 발표하여 '밥 말리 앤 더 웨일러스'는 5개월 동안 인기 순위 1위를 차지하며 인기가 급상승했다.

1972년

크리스 블랙웰 사장의 아일랜드 레코드사와 계약을 했고, 《불을 붙여 Catch A Fire》 앨범을 발표했다.

1973년 10월
두 번째 앨범 《불태워 버려 Burnin'》를 발표했다.

1975년 2월
버니와 피터가 솔로로 나서면서 새롭게 멤버가 구성되었으며, 새 앨범 《말쑥한 드레드 Natty Dread》를 발표했다.

1975년 11월
관중들과 함께 살아 숨쉬는 공연의 현장을 녹음한 《밥 말리 앤 더 웨일러스 라이브 Live!》 앨범을 발표했다.

1976년 5월
다섯 번째 앨범 《라스타의 울림 Rastaman Vibration》을 발표했다.

1976년 12월 5일
킹스턴에서 '자메이카에 웃음을' 이라는 공연을 했다. 공연하기 이틀 전, 밥 말리의 집에 괴한이 들어와 밥과 리타는 부상을 당했다. 하지만 두 사람은 위협을 무릅쓰고 공연을 했고, 이에 사람들은 감동했다.

1977년 5월
앨범 《대탈주 Exodus》를 발표했다. 영국과 독일에서 빠르게 인기 순위 1위에 올랐다. 유럽의 순회공연을 마친 뒤, 미국 순회공연 준비 전에 발가락에 암세포가 있다는 것을 발견하게 되었다.

1978년
앨범 《카야 Kaya》를 발표한 후, 밥 말리와 웨일러스는 자메이카의 화해와 단합을 위해 '사랑과 평화의 공연'을 개최했다.

1979년
앨범 《생존 Survival》을 발표했다.

1980년 4월 17일
짐바브웨의 독립 기념식에 참석하여 축하 공연을 했다.

1980년 5월
앨범 《반란 Uprising》을 발표했다.

1980년 9월
뉴욕 센트럴 파크에서 친구들과 운동을 하던 밥 말리가 쓰러졌다. 암세포가 온몸으로 퍼진 것을 알았다.

1981년 5월 11일
밥 말리가 암으로 세상을 떠났다. 그의 무덤은 고향 킹스턴의 외할아버지가 지었던 집 옆에 있다.

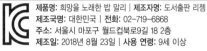

제품명: 희망을 노래한 밥 말리 | **제조자명:** 도서출판 리젬
제조국명: 대한민국 | **전화:** 02-719-6868
주소: 서울시 마포구 월드컵북로9길 18 2층
제조일: 2018년 8월 23일 | **사용 연령:** 9세 이상

* KC마크는 이 제품이 공통안전기준에 적합하였음을 의미합니다.

⚠ **주의** 아이들이 책의 모서리에 다치지 않게 주의하세요.

꿈을 주는 현대인물선 9

희망을 노래한 **밥 말리**

1판　1쇄 발행 2011년 11월 17일
1판 15쇄 발행 2018년　8월 23일

글쓴이 안주영 ㅣ 그린이 황영진
펴낸이 안성호
편집 조인성 윤지은 이소정 강별 ㅣ 디자인 황경실 이보옥
펴낸곳 리젬 ㅣ 출판등록 2005년 8월 9일 제 313-2005-00176호
주소 03999 서울시 마포구 월드컵북로9길 18 2층
대표전화 02-719-6868　팩스 02-719-6262
홈페이지 www.rejam.co.kr
전자우편 iezzb@hanmail.net

ⓒ안주영　ⓒ황영진

이 도서의 국립중앙도서관 출판예정도서목록(CIP)은 서지정보유통지원시스템 홈페이지(http://seoji.
nl.go.kr)와 국가자료공동목록시스템(http://www.nl.go.kr/kolisnet)에서 이용하실 수 있습니다.
(CIP제어번호: CIP2011004693)

ISBN　978-89-92826-64-8